फिर आया
मौसम चुनाव का…

फिर आया मौसम चुनाव का…

सुनीता शानू

ग्रंथ अकादमी, नई दिल्ली

प्रकाशक : ग्रंथ अकादमी, 1659 पुराना दरियागंज, नई दिल्ली-110002
सर्वाधिकार : सुरक्षित / संस्करण : प्रथम, 2015 / मूल्य : दो सौ रुपए
मुद्रक : आर-टेक ऑफसेट प्रिंटर्स, दिल्ली ISBN 978-93-83110-41-4

PHIR AAYA MAUSAM CHUNAV KA
satire by Sunita Shanoo Rs. 200.00
Published by Granth Akademi, 1659 Old Darya Ganj, New Delhi-110002

पलटवार

सच पूछिए तो हर पुरुष की कामयाबी के पीछे एक औरत का हाथ होता है, तो यह भी सच है कि एक औरत की कामयाबी के पीछे पुरुष का कुछ-न-कुछ योगदान तो होता ही होगा। किसी महिला का व्यंग्य लिखना जाहिर करता है कि शब्द-बाणों का प्रयोग सबसे पहले पति पर ही हुआ होगा, तो मेरे ये चाशनी में भीगे प्रयोगात्मक व्यंग्य-बाण मेरे पतिदेव श्री पवन कुमार चोटियाँ को समर्पित हैं।

भूमिका

रचनाओं में ताजगी

मैंने किसी प्रसंग में वरिष्ठ रचनाकार सूर्यबाला के संबंध में लिखा था कि यदि सूर्यबाला समकालीन साहित्य में व्यंग्य लेखन न कर रही होतीं तो व्यंग्य को पुरुषोचित विधा मान लिया जाता। क्या कारण है कि हिंदी व्यंग्य में महिलाएँ न के बराबर हैं? क्या महिलाओं के पास व्यंग्य करने और समझने की बुद्धि नहीं होती है? इस संकीर्ण सोच को मेरा मन स्वीकार नहीं कर पाता है। द्रौपदी द्वारा दुर्योधन पर छोड़ा गया व्यंग्य-बाण, जिसने महाभारत का युद्ध उपस्थित कर दिया, क्या महिलाओं का व्यंग्य समझ और शक्ति का सूचक नहीं है। जिन लोगों ने जयशंकर प्रसाद को पढ़ा है और उनके नाटकों से परिचित हैं, वे जानते ही होंगे कि 'ध्रुवस्वामिनी' नाटक में रामगुप्त पर छोड़े गए ध्रुवस्वामिनी के बाण कितने प्रखर एवं बौद्धिक चेतना-संपन्न हैं। प्रसाद आजकल के नारी विमर्श के आंदोलनकारियों की तरह बड़बोले नहीं थे, परंतु ध्रुवस्वामिनी के रूप में उन्होंने नारी के सशक्त, संघर्षशील, अधिकारों के प्रति सजग एवं बौद्धिक चेतनाशील चरित्र को प्रस्तुत किया है। ध्रुवस्वामिनी अपने व्यंग्य-बाणों में चंद्रगुप्त से अधिक प्रखर एवं प्रहारक है। मेरा इस उदाहरण को देने का अभिप्राय है कि व्यंग्य पुरुषोचित विधा नहीं है और इस विधा में ध्रुवस्वामिनियाँ चंद्रगुप्तों से अधिक प्रखर हो सकती हैं।

ऐसी ही प्रखरता की अपेक्षा मुझे सुनीता शानू से है। मुझे नहीं लगता कि उन्हें किसी आरक्षण की आवश्यकता है। वे बड़ी सरलता से हिंदी की व्यंग्यकार के रूप में अपनी पहचान बना सकती हैं, उन्हें व्यंग्य लेखिका का बुर्का ओढ़ने की आवश्यकता नहीं है।

सुनीता शानू के पास व्यंग्य की भाषा और समझ है। व्यंग्य का मार्ग संघर्ष का मार्ग है और संघर्ष के मार्ग में निरंतर चुनौतियाँ होती हैं। समाज में उत्पन्न विसंगतियाँ ही तो व्यंग्यकार के समक्ष चुनौतियाँ उपस्थित करती हैं। सुनीता शानू कहती हैं कि मेरे साथ एक अजीबोगरीब बात यह थी कि मैं हार नहीं मानती थी। यही तो व्यंग्यकार की सबसे बड़ी ताकत है। दूसरी अच्छी बात है कि वे व्यंग्य को दोयम दरजे का लेखन नहीं मानती हैं। वे तो इसे बीमार आदमी को स्वस्थ करने जैसा मानती हैं। व्यंग्य बीमार व्यवस्था को स्वस्थ ही तो करता है। व्यंग्य के स्वरूप को लेकर सुनीता शानू स्पष्ट हैं।

अभी सुनीता शानू व्यंग्य रचना में हास्य की चाशनी को आवश्यक मानती हैं, जबकि इसके विपरीत मेरा मानना है कि व्यंग्य को हास्य की बैसाखी की आवश्यकता नहीं है। मुझे पूरा विश्वास है कि जैसे-जैसे सुनीता शानू को विसंगतियों की भयावहता में मानव समाज के लिए उन पर प्रखर प्रभाव की आवश्यकता का बोध होगा, वे अपने व्यंग्य हथियार को और पैना करेंगी।

इस संकलन की अधिकांश रचनाएँ सामयिक विसंगतियों पर केंद्रित हैं। सुनीता शानू सजग रचनाकार हैं, इसलिए अपने आसपास के परिवेश पर सक्रिय दृष्टि रखती हैं। सामयिक विसंगतियों पर केंद्रित होने के बावजूद इन रचनाओं में एक ताजगी है। जैसे वे सोचती हैं कि चुनावी मौसम में, संसद् से सड़क तक गालियों की भरपूर आवश्यकता होती है, अतः क्यों न गालियों का व्यवसाय कर लिया जाए। यह एक चुलबुली एवं प्रहारक फैंटेसी है।

जहाँ एक ओर सुनीता शानू की कुछ व्यंग्य रचनाएँ व्यंग्यात्मक राजनीतिक विसंगतियों पर टिप्पणी मात्र के रोग से ग्रसित हैं, वहीं 'जुबान में हड्डी नहीं दी भगवान् ने' अपनी पूरी रचनात्मकता के साथ उपस्थित है। इस रचना में एक चिंतन दृष्टिगत होता है। या 'फिर एक लाईक तो बनता है' जैसी रचनाएँ फेसबुक जैसे माध्यम के प्रति उनकी विकसित समझ को स्पष्ट करती हैं।

मुझे विश्वास है कि सुनीता शानू समकालीन राजनीतिक अथवा सामाजिक विसंगतियों पर टिप्पणी को ही व्यंग्य रचना नहीं समझेंगी, अपितु 'जुबान में हड्डी नहीं दी भगवान् ने' जैसी और अच्छी रचनाओं के सृजन में अपनी सृजनात्मक प्रतिभा का प्रयोग करेंगी। उनमें परिश्रम करने का साहस है और यह साहस ही उनके उत्कृष्ट रचना कर्म का मार्ग प्रशस्त करेगा। मैं आश्वस्त हूँ।

—प्रेम जनमेजय

प्रस्तावना

व्यंग्य लेखन का सबसे बड़ा योगदान यह माना जाना चाहिए कि तात्कालिक विषयों को साहित्य का हिस्सा बनाते जा रहे हैं। पाठकों में व्यंग्य रचनाओं की स्वीकार्यता का अंदाजा आप यूँ भी लगा सकते हैं कि प्रमुख अखबारों में साहित्य के लिए भले जगह खत्म हो, व्यंग्य का एक कोना, एक स्तंभ अवश्य रहा है।

विसंगतियाँ जब उफान पर हों, विरोधाभास के उदाहरण जब संख्या गिनना भूल जाएँ, तो ऐसे दमघोंटू वक्त में व्यंग्य ऑक्सीजन का काम करता है। इस लिहाज से देखा जाए तो व्यंग्य लेखन के लिए यह सबसे बेहतर समय है। इसको यूँ भी कह सकते हैं कि इन दिनों बहुत अच्छे व्यंग्य लिखे भी जा रहे हैं। मेरे मित्र मुझसे असहमति दर्ज कराते हुए सस्ती और सतही रचनाओं एवं पुस्तकों का हवाला देंगे, लेकिन मैं क्या करूँ, उजली तसवीरें इतना भाती हैं कि कालिख देखने-लगाने में दिलचस्पी अपने आप जाती रहती है। सुनीता शानू के इस संग्रह को उसी उजली खुली धूप के हिस्से में रखता हूँ जो व्यंग्य के आकाश में अपनी चमक के साथ मौजूद है।

सुनीता शानू की व्यंग्य रचनाओं पर कुछ जरूरी बातें। बड़े-बुजुर्ग भी कहते आए हैं कि ईमानदार आदमी वह होता है, जो खुद पर हँसने

का माद्दा रखे, दूसरे की निंदा तो कोई भी कर सकता है। सुनीता शानू इस लिहाज से एक समर्थ रचनाकार हैं, जिनकी रचनाओं के पात्रों में अकसर वे स्वयं, उनके परिवारीजन, मित्र आदि सब शामिल रहते हैं। इन सबके साथ उनके शब्दबाण चुहल, चुटकी और हास्य पैदा करने के साथ व्यंग्य की चोट भी दे जाते हैं।

फेसबुक, ट्विटर, मोबाइल, रिंगटोन, मॉल। ये सब आज के जमाने के लिए जरूरी जगहें, साधन और बदलाव हैं। इन सब पर सुनीता शानू ने व्यंग्य लिखा है। छोटी-छोटी बातों के बीच जो कुछ बड़ा सूत्र बचा रह जाता है, सुनीता के व्यंग्यकार ने उसे अपनी पकड़ में जकड़ रखा है। संग्रह में शामिल ज्यादातर रचनाएँ देश के प्रतिष्ठित अखबारों में छपी हैं। अखबारों की अपनी शब्दसीमा होती है, इसलिए कुछ रचनाओं में लगता है कि थोड़ा और विस्तार चाहिए था। इसलिए ऐसा आपको भी लगे तो उसे लेखक से ज्यादा प्रकाशन की सीमा के नजरिए से भी देखा जाना चाहिए।

यह सुनीता शानू का पहला व्यंग्य संग्रह है। उनकी पूरी यात्रा के विकास के निशान भी इन रचनाओं में दर्ज हैं। इसी गति से आगे भी वे लिखती रहें, धार तलवार की हो या लेखन की, मैदान में डटे रहने से ही उसमें निखार और पैनापन आता है। इस संग्रह के लिए अनंत शुभकामनाएँ।

—प्रताप सोमवंशी

वरिष्ठ संपादक, दैनिक हिंदुस्तान, नई दिल्ली

जो कुछ कहूँगी, सच कहूँगी

बहुत बार सोचा कि सच बहुत कड़वा होता है, क्यों न इसे झूठ की चाशनी में लपेटकर मीठा-मीठा परोसा जाए, लेकिन ऐसा हो न सका, जो भी लिखा गया ऐसा लिखा गया कि कोई रूठ गया, कोई खुश हो गया, कोई मुसकराया तो कोई गुस्साया, फिर भी कलम नहीं रुकी, आखिर रुकती भी कैसे, बचपन से ही पैंसिल को छील-छील कर छोटा करने की गंदी आदत जो थी।

मेरे तमाम व्यंग्य मेरे आसपास रहनेवाले लोगों पर आजमाए हुए हैं, अधिकतर वे घटनाएँ हैं, जो मैंने कभी घर पर तो कभी बाहर घटित होते हुए देखी है। इसका मतलब यह मत लगा लेना कि सारे-के-सारे व्यंग्य घर की मुरगी दाल बराबर हैं।

बचपन में डिबेट सुनाने की बुरी आदत पड़ गई थी, खुद का लिखा भाषण सुनाने का तो मजा ही कुछ और होता था। मंच और माइक से ऐसा नाता हुआ कि हर बार वार्षिकोत्सव पर मेरा शामिल होना अनिवार्य होता था।

शादी के बाद भी एक बार अशोक चक्रधर के काव्य-कुश्ती अखाड़े में तीसरा स्थान मिलने पर कुछ सज्जनटाइप के मित्रों ने धकेल-धकेलकर हिंदी अकादमी के मंच पर चढ़ा दिया था। लेकिन मंच पर कविताएँ सुना-

सुनाकर गला ही बैठ जाता था, आखिर वह शौक भी जाता रहा। खैर मंच से बचते-बचाते टी.वी., रेडियो संगी-साथी बन गए। मौका पड़ा तो टी.वी. सीरियल 'यही तथ्य है', जो बाद में दूरदर्शन पर आता था, की बीस दिन शूटिंग कर डाली। अभी किसी फिल्म में हिरोइन बनने के सपने चल ही रहे थे कि सास ने हुड़क दिया, लो जी लुड़ककर सीधे घर में आ गए।

सच सचमुच कड़वा होता है, लेकिन एक महान् आर्टिस्ट को अपने पति के साथ चाय बेचनी पड़ी। चाय के बिजनेस में कुछ ही साल हुए थे कि दोबारा लिखने का शौक चर्राया। इस बार घर बैठे की इंटरनेट की दुनिया में आ गए।

ब्लॉगिंग करते-करते अनेकों से मित्रता हो गई, जिनमें से संजीत त्रिपाठी तथा संजीव तिवारीजी ने ब्लॉग बनाने में सर्वाधिक मदद की।

मैं जानती हूँ, यदि मैंने शरद जोशीजी का व्यंग्य संग्रह 'यत्र तत्र सर्वत्र' न पढ़ा होता तो अब तक हास्य कविताएँ सुना-सुनाकर मंच पर तालियाँ लूटती या टमाटर, जो बाद में सॉस बनाने के काम आते। खैर, आज जो कुछ भी हूँ उसका सबसे बड़ा श्रेय छपास को जाता है। एक बार कहीं कुछ भी छप जाए तो बस छपास की बीमारी महामारी की तरह लग जाती है। मेरा भी जब एक व्यंग्य 'अमर उजाला' में छप गया, मैंने खुद को स्थापित व्यंग्यकार मानना शुरू कर दिया, सबसे पहले अपनें विजिटिंग कार्ड छपवा डाले, जिसमें खुद को स्वतंत्र पत्रकार घोषित कर दिया।

ऐसा ही तो होता है हम हिंदुस्तानियों को, बस कोई बैठने की जगह दे दे, हम पूरा खानदान वहीं बसा लेते हैं। मैंने भी इतने व्यंग्य लिख डाले जैसे बिस्किट फैक्टरी में बिस्किट बनते हैं। जहाँ भी भेजती जवाब आता खेद है···मेरे दिल में आता कह दूँ कि व्यवस्था में ही छेद है।

अब इससे क्या फर्क पड़ता है कि आप क्या हैं और लोग आपको क्या समझते हैं। वैसे भी जब तक आप खुद अपने आपको नहीं पहचानेंगे,

लोग तो बिल्कुल ही नहीं पहचानेंगे। मुझे भी मुझमें छिपी इस अनोखी प्रतिभा का पता बाद में लगा, जब मुझे स्टार प्लस और हिंदुस्तान की तरफ से अनोखी शख्सियत का पुरस्कार प्राप्त हुआ।

एक बड़े साहित्यकार ने अपने संग्रह में लिखा कि हिंदी में अपना दरजा गिराने का मतलब है व्यंग्य लिखना। लेकिन मुझे लगता है, व्यंग्य लिखना, फिर उसे दूसरों को सुनाना...बीमार आदमी को स्वस्थ करने जैसा है।

मिरजा गालिब ने भी कहा है कि

इशरते कतरा है दरिया में फना हो जाना
दर्द का हदसे गुजरना है दवा हो जाना...

मेरी नजर में यह दवा व्यंग्य ही है।

अधिकतर लोग उपदेश देनेवाले के कई नाम रख देते हैं—रायबहादुर, रायचंद और उपदेश सुनना भी कोई पसंद नहीं करता, ऐसे में दूसरे को समझाने का सबसे सुंदर तरीका व्यंग्य ही हो सकता है।

प्रिंट मीडिया में भी कुछ महान् शख्सियत हैं, जिन्होंने मेरे लेखन को अपना आशीर्वाद दिया, इनमें से प्रमुख हैं प्रताप सोमवंशीजी, श्री ज्योतिर्मयजी, अनुभूति की संपादिका पूर्णिमा बर्मनजी। मेरे छोटे भाई रोशन प्रेमयोगी और अपने सभी दोस्तों के अपनेपन का मैं तहेदिल से शुक्रिया अदा करना चाहूँगी। यह मेरा पहला व्यंग्य-संग्रह है, आप सभी के आशीर्वाद की कामना करती हूँ।

—सुनीता शानू

अनुक्रम

01

झाड़ू बनाम झंडा

अलस्सुबह पार्क जाने के लिए बाहर निकली, तो हैरान रह गई। मेरे घर की खिड़की, दरवाजे, यहाँ तक कि गाड़ी पर भी कोई झाड़ू के पोस्टर लगा गया था। सामने ही झाड़ूवाली झाड़ू लगाती हुई बड़-बड़ किए जा रही थी। मैंने पूछा, ''क्या हुआ'', तो वह बोली, ''का बताएँ बीबीजी, औ ससुर का नाती हमार झाड़ू पर हाथ साफ कर गया। ऐकै ही झाड़ू खरीदे रहे, ओकू भी कल आम आदमी पार्टी मा लेकर झंडा फहराए रहे। आए तो झाड़ू सै मार-मार के ऊ का समझाई दें।''

हाँ, सही तो कह रही है झाड़ूवाली कि झाड़ू ही लेकर चला गया उसका मर्द नारे लगाने, अब करे तो वह क्या करे? घर से निकलते समय झाड़ूवाली झाड़ू लगाती नजर आया करती थी, लेकिन आज तो सारे रास्ते भर झाड़ू के पोस्टर-ही-पोस्टर नजर आए।

वह झाड़ू, जो गृहिणी के हाथ में होती थी। जिस झाड़ू को हम महिलाएँ बदमाशों को मार-मार कर सुधारने के लिए प्रयोग में लाती थीं। आज उसी झाड़ू को सरेबाजार आसमान में चढ़ते देखा। यहाँ तक कि जो मौजीराम पंडित भी झाड़ू छू जाने पर दोबारा नहाकर आता था, आज वही झाड़ू उसके घर के दरवाजे पर टँगी उसे चिढ़ा रही है कि जा नहा ले कितनी बार नहाएगा।

वाह भई वाह, आम आदमी की यह झाड़ू न जाने कितनों के माथे का तिलक बन जाएगी। पहले झाड़ूवाले को देखकर सब दूर-दूर भागा करते थे, आज आम आदमी पार्टी का हर आदमी झाड़ू उठाकर चल रहा है। खुद को आम आदमी बता रहा है। और- तो-और, टी-शर्ट कंपनियों ने झाड़ू के टैटू बना डाले हैं। यह भी हो सकता है कि किसी झाड़ू कंपनी ने सिफारिश की हो, ताकि विज्ञापन भी हो जाए, सारी झाड़ू भी बिक जाए।

यह भी तो हो सकता है कि पुरुषों ने महिलाओं को खुश करने की यह तरकीब निकाली हो। या कोई पुरुष झाड़ू खा-खाकर इतना परेशान हो गया हो कि उसने पार्टी में इसी को चुनाव चिह्न बनाने की सिफारिश की हो, वरना आम आदमी पार्टी को झाड़ू ही क्यों नजर आई, कुछ और नजर क्यों नहीं आया?

दोस्तो, अटकलें लगा-लगाकर मन में साँय-साँय होने लगी है। ऐसा लगता है कि कोई हमारी नारी-सत्ता में सेंध लगाने की कोशिश कर रहा है। आज झाड़ू ली है, कल चकला, बेलन, चिमटा सभी ले लिये गए तो? यही तो हथियार हैं हमारे गिने-चुने। इन्हीं पर कुदृष्टि डाली गई, तो हमारा क्या होगा।

□

02

अब शुरू होगी गालियों की ऑनलाइन शॉपिंग

जिस प्रकार इस चुनावी मौसम में घर से गली तक और गलियों से लेकर संसद् तक गालियों की बौछार चल रही है, उसे देखकर लगता है कि मैं गालियों की ही दुकान खोल लूँ। कौन सी गाली किस नेता पर फबती है, इस बात को ध्यान में रखते हुए गाली का स्टॉक रखूँगी, ताकि कोई भी लीडर अपनी पसंद से गाली खरीद सके और दूसरे नेता पर तीखी-से-तीखी गालियों से हमले कर सके। वैसे इस हाइटेक जमाने में ऑनलाइन शॉपिंग का बोलबाला है। सोचती हूँ क्यों न ऑनलाइन गालियाँ सप्लाई करूँ। क्रेडिट कार्ड से पैसे भरिए और गालियाँ ले जाइए।

गालियों के लिए कुछ अच्छे कॉपीराइटर रखने होंगे। इस पद के लिए हरेक मोहल्ले के छँटे हुए गालीबाजों को रखूँगी। वैसे कुछ महिलाओं की इसमें महारत होती है। उन्हें इस पद के लिए प्रमुखता दी जाएगी। गालियों की कई कैटेगरी होगी। एक श्रेणी होगी—पशुवाचक गाली। चुनावी मौसम में लोग आपस में जब बात करते हैं, तो उसमें ज्यादातर जानवर ही निशाना बनते हैं, भले ही कोई गाली दी जाए या नहीं। जैसे

कोई पूछेगा कि इस बार प्रधानमंत्री कौन बनेगा तो दूसरा कहेगा कि देखिए ऊँट किस करवट बैठता है। अब भला ऊँट के बैठने से प्रधानमंत्री बनने का क्या संबंध है? कुछ लोग तो नेता को गिरगिट की उपाधि दे देते हैं कि ये नेता लोग तो गिरगिट की तरह रंग बदलते हैं। या नेता तो कुत्ता है, या इस नेता का चेहरा तो बंदर जैसा है। मेरा सुझाव है कि नए-नए जानवर इसमें शामिल किए जाएँ। जैसे कोई कहे कि हमारे विरोधी तो चुनाव के बाद डाइनासोर की तरह लुप्त हो जाएँगे। या कोई कहे कि अमुक तो ओरांग उटाँग की तरह इस पार्टी से उस पार्टी में जाते रहते हैं। या कोई कहे कि सत्तारूढ़ दल अजगर की तरह सुस्त पड़ा है। काश! जानवर भी मनुष्य की भाषा बोल पाते तो मानहानि का मुकदमा दायर कर पाते।

दूसरी कैटेगरी होगी—प्राचीन गालियाँ। जैसे कोई किसी को रावण या कंस कह सकता है। कोई दुर्योधन या घटोत्कच कह सकता है। तीसरी कैटेगरी होगी—हाईटेक गालियाँ। ये सबसे महँगी होंगी—जैसे मान लीजिए किसी नेता के बारे में कहना है कि उनका तो दिमाग खराब है। इसके लिए कहा जाएगा कि उनका तो हार्ड डिस्क खराब है। अगर यह कहना हो कि जनता अमुक नेता को चुनाव में हरा देगी तो कहा जाएगा जनता उनको अनफ्रेंड कर देगी या ब्लॉक कर देगी।

वैसे चुनावी मौसम में आम आदमी की गालियाँ भी चुनावमयी हो गई हैं, जैसे कि ओए प्रधानमंत्री की औलाद, चल इधर आ। बाकी दिनों में तो अभिनेताओं के नाम की गाली चल जाती थी जैसे—ओए अपने को सलमान खान समझता है क्या? कई न्यूज चैनलवाले सुबह से शाम तक चुनावी दुकान लगाए बैठे नजर आते हैं। जब भी टी.वी. ऑन करो चार-पाँच नेता बैठे दिखाई देते हैं, देखकर लगता है घर जाते ही नहीं हैं। कुछ तो वार्त्तालाप करते-करते इतने इमोशनल हो जाते हैं कि लगता है, सामनेवाले पर टूट पड़ेंगे। टी.वी. पर होनेवाली बहस अचानक सड़क

पर होनेवाली बहस में तब्दील हो जाती है। ऐसे समय में कुशल नेता तक भूल जाते हैं कि वे कैमरे के सामने बैठे हैं। और जब सारे एक साथ बोलने-चिल्लाने लगते हैं, समझ ही नहीं आता कि लड़ाई हो रही है या चुनावी वार्त्ता। टी.वी. वाले भी ऐसे ही लोगों को चुन-चुन कर लाते हैं जो कैमरे के सामने दृढ़ता से टिक सकें और प्रतिद्वंद्वी को खूबसूरत गालियों का उपहार भी देते रहें।

चूँकि मैं एक जिम्मेदार नागरिक हूँ, इसलिए मेरा भी यह उत्तरदायित्व बनता है कि मैं देश के नेताओं के लिए ऐसी गालियों का आविष्कार करूँ, जो तेज धारदार हो और मारक असर करे। जिनका इस्तेमाल वे किसी भी समय कर सकें। ऐसी गालियाँ, जो सरकार द्वारा सर्टिफाइड हों और उन्हें ज्यादा सोचना-समझना भी न पड़े। पहले इस्तेमाल करें, फिर विश्वास करें। लेकिन हाँ, गालियों का कॉपीराइट मैं अपने पास ही रखूँगी, ताकि दूसरे किसी मौके पर भी उन्हें काम में लिया जाए।

□

03

चाय उबली ही नहीं, दूध डाल दिया

जब से मोदीजी ने 'गनमोग टी स्टॉल' खोली है, लोगों ने 'गशनोग टी स्टॉल' पर आना ही बंद कर दिया। क्या बुराई थी बताओ तो? मैं तो बदले में वोट भी नहीं माँग रही थी। जाने कितनी ही बार कविता सुनाने के चक्कर में, लोगों को एक के साथ एक चाय फ्री भी पिलाई थी, लेकिन भावी प्रधानमंत्री दुकान ही खोल लें, तो लोग कवि की दुकान पर क्यों आएँगे। ज्यादा ही दिल था तो मेरी दुकान पर ही पोस्टर लगा लेते, मेरी चाय का प्रोमोशन हो जाता। एक कवि के बच्चों की दुआएँ मिलती सो अलग। मुझ अदना से कवि के पेट पर लात मार कर क्या मिला बताओ तो। चाय के साथ-साथ एक-आध किताब ही बिक जाया करती थी। सोचा था चाय की दुकान पर ही एक मुशायरा करवा लूँगी। बहुत सारे लोग आएँगे, कविता भी सुनेंगे और साथ ही चाय भी बिकेगी।

लेकिन हे मोदी चाचा, आपकी नमो चाय ने तो सारे सपनों पर पानी ही फेर दिया। मुझे पता होता कि आप भी चायवाले हैं, और भविष्य में चाय बेचेंगे, तो भैया, मैं तो चाय की दुकान ही न खोलती। कोई छोटी-मोटी समोसे-कचौरी की दुकान खोल लेती। कम-से-कम यह कंपीटिशन तो नहीं भुगतना पड़ता मुझे।

काम तो बहुत सारे थे आपके पास, जैसे कवियों के लिए चौपाल बनवाते, कवियों के बच्चों की फ्री शिक्षा का जुगाड़ करते, कवियों की किताब स्कूलों में अनिवार्य करवाते। सोचिए, देश का बच्चा-बूढ़ा-जवान सब आपकी रैली में दौड़ लगाता, कविता सुनाता। कवियों की पत्नियाँ आपको इतनी दुआएँ देतीं कि झोली छोटी पड़ जाती। लेकिन आपको मेरा ही राइवल बनना था? पहले क्या कम हैं देश में चायवाले, जो आप भी उतर आए चाय के मैदान में।

आप जानते थे, चाय का सीधा रास्ता आदमी के दिल तक जाता है। हम मेहमान की खातिरदारी भी चाय पिलाकर ही किया करते हैं। और-तो-और बड़े-बड़े काम चाय-पानी के बिना संभव नहीं होते। राजनीति की सारी बातें चाय, बीड़ी या पान की दुकान पर ही हो जाती हैं।

समझनेवाली की बात तो यह है कि पहले लालू ब्रांड पटाखे आए, फिर लालू ब्रांड आम, और अब लालूजी ने निकाल दिया है—लालू ब्रांड चाय विद चारा बिस्किट। साथ ही अब मोदीजी ने भी मोदी ब्रांड चॉकलेट, मोबाइल कवर, टी-शर्ट, जैकेट जाने क्या-क्या सामान मार्केट में आ गया है। अब आप ही ब्रांड एंबेस्डर बन जाएँगे तो बेचारे अभिनेताओं को कौन पूछेगा? खैर लालूजी बिस्किट बेचें, चाहे राहुल दूध पिलाएँ। बस आपको एक कवि की पुकार सुननी ही होगी।

अच्छा मान लिया आप चाय को देश का भविष्य बना रहे हैं, लेकिन एक बार सोचकर देखिए, क्या यह अच्छा लगेगा कि हमारे देश का प्रधानमंत्री बनने के बाद जब आप बड़ी-बड़ी राजनैतिक मीटिंग्स में बैठे होंगे, अचानक खयाल आएगा, चायपत्ती मँगानी है, अरे फलाँ व्यापारी दूध देकर गया कि नहीं? सोच रहे होंगे कि चाय में उबाल आया कि नहीं? और कहीं गलती से चाय उबली ही नहीं, दूध डाल दिया तो…देश के भविष्य का क्या होगा।

□

04

तू देख तमाशा चाँटे का...

कौन जीतेगा, कौन हारेगा। कोई नहीं बता सकता। लेकिन एक बात तो तय है। अनुभव ही इनसान को बहुत कुछ सिखा देता है। अब देखो आजकल जितने भी हमले हो रहे हैं, उनमें मानवी हथियारों का प्रयोग हो रहा है, जैसे कि चाँटा, लात, घूँसे, मुक्के, जूते अथवा गाली या कभी-कभी कोई किसी के मुँह पर थूक भी देता है। ये सारे-के-सारे हथियार मनुष्य के अभिन्न अंग हैं। इनके बिना कोई भी इनसान अधूरा ही है। न तो ये हथियार सुरक्षागार्डों की पैनी नजर में आते हैं और न ही बड़ी-बड़ी मशीनों ने इन्हें बम समझकर आवाज ही उठाई है।

अब आप ही बताइए कोई संसद् में आए, अचानक अपने पैर का जूता निकाले, सामनेवाले पर मारे तो क्या किया जाए? हो सकता है, आगे आनेवाले समय में संसद् में आनेवालों को जूता बाहर उतारकर आने का विशेष निर्देश दिया जाए, लेकिन यदि कोई लात, घूँसे ही जड़ दे तो क्या हाथ-पैर भी बाहर रखवा पाएँगे।

आजकल लोग आते हैं माला पहनाने और चाँटा जड़कर चले जाते हैं। या सामनेवाले के मुँह पर ऐसा थूक कर जाते हैं, जैसे कि थूकदान हो। यह भी कोई बात हुई। कुछ लोग तो यह रिकॉर्ड बनाने में लगे हैं कि

फलाँ-फलाँ ने तीन बार थप्पड़ खाया, एक बार घूँसा खाया, एक बार जूता खाया और लात अभी बाकी है। जैसे कि किसी खेल का स्कोर देखा जा रहा हो कि अबकी बार शतक कौन बनाएगा।

कभी-कभी कुछ फिल्मी सीन सा नजर आने लगता है कि हीरो कुछ पैसे देकर गुंडों से खुद की पिटाई करवा लेता है। हो सकता है यहाँ भी कुछ कड़कदार गांधीजी इस्तेमाल कर यह कार्य किया जा रहा हो। कुछ भी संभव है। फिल्म कौन सी बन रही है, पता नहीं। जो भी हो, हमें सोचना होगा इन मानवी हथियारों से कैसे निजात पाएँ? क्योंकि ये सब वे हथियार हैं, जो हर आदमी अपने साथ लेकर चलता है। इन हथियारों की चोट दूर तक सुनाई देती है और वर्षों तक लोग चटखारे ले-लेकर सुनते-सुनाते रहते हैं। लेकिन तमाशा देखनेवालो, जरा सँभलकर रहना, कहीं यह चाँटा हम पर न पड़ जाए···

□

05

आया रे आया स्टिंग का जमाना

स्टिंग ऑपरेशन की अच्छी लहर चली है, जिधर देखो उधर जासूस करमचंद–धरमचंद नजर आ रहे हैं। स्टिंग ऑपरेशन से आज यह पकड़ा, कल वह पकड़ा की खबरें आने लगी हैं। छोटे-छोटे बच्चे तक धमकी देने लगे हैं, मुझे मारा तो केजरीवाल अंकल को स्टिंग दिखा दूँगा।

कल छोटू को बोला कि मेरी कमर में दर्द है बेटा, आज थोड़े बरतन तू ही मल दे। झट से बोला कि चलो कैमरे पर कह दो। आपको पता होना चाहिए, यह बाल अपराध है। हद हो गई भैया, अब तो डर सा लगने लगा है।

चार दिन से फोन खराब है, टेलिफोनवाला मेरा फोन वी.आई.पी. कोटे में रखता था। खराब होते ही पचास का नोट ले जाता और फोन ठीक हो जाता। अब डर के मारे वह आता भी नहीं और फोन वी.आई.पी. कोटे में जाता भी नहीं। वह भी डरता है, कहीं पचास का नोट लेते हुए उसका स्टिंग ऑपरेशन न हो जाए...

इस स्टिंग ऑपरेशन से जनता का भला तो हो रहा है, साथ ही जासूसी कैमरे का कारोबार रातोरात दोगुना हो गया है। चश्मा और घड़ी

के अलावा बाजार में बटनवाला खुफिया कैमरा चाबी रिंग और पेन ड्राईव भी मौजूद हैं। बच्चों के सामानों में भी स्टिंग कैमरे फिट किए गए हैं।

मंगलसूत्र, अँगूठी, लॉकेट में भी कैमरा फिट हो गया है। अब कोई भी लड़केवाला अपने लड़के की शादी में दहेज नहीं माँग पाएगा, न ही मंगलसूत्र, अँगूठी या लॉकेट पहनाने की डिमांड करेगा।

कल मेरी बेटी एक कंपनी में गई थी इंटरव्यू देने। हजार सवाल किए, साथ ही उसकी घड़ी, पेन, गाड़ी की चाबी बाहर ही रखवा ली। कहने लगे, क्या पता कौन कंपनी की खुफिया जानकारी जाकर केजरीवाल को दे दे। साथ ही जो लोग इंटरव्यू ले रहे थे बड़े ध्यान से घूर-घूरकर उसके कपड़ों को देख रहे थे। जब उसने पूछा तो एक महिला ने आकर उसकी शर्ट के बटनों को उलट-पलट के देखते हुए कहा, "क्या बताएँ आपको, जाने कौन, कहाँ पर कैमरा लगाकर आ जाए। आजकल यह कैमरा बटन में भी आता है।" लो कर लो बात। अब कोई कपड़ों में बटन भी न लगाए। यह भी कोई बात हुई? आम आदमी क्या अब आम आदमी पर भी शक करेगा!

कल माँ भी दूधवाले को कह रही थी कि तेरा और तेरी भैंस का स्टिंग ऑपरेशन करवाना पड़ेगा। रोज कहता है भैंस ने ज्यादा पानी पिया होगा इसलिए दूध पतला देती है। अब बताओ यह भी कोई बात हुई। केजरीवाल मुख्यमंत्री हैं या गली का हवलदार। जिसे देखो केजरीवाल को फोन लगा रहा है। लोग कह रहे हैं कि अरविंद केजरीवाल ने अनिल कपूर की फिल्म 'नायक' कुछ ज्यादा ही अच्छे से देखी है। अनिल कपूर ने भी एक दिन का सी.एम. बनकर भ्रष्टाचारियों की ताबड़-तोड़ छटाई कर दी थी। अरविंद केजरीवाल का स्टिंग ऑपरेशन लोगों को अनिल कपूर की कॉपी नजर आ रहा है तो क्या इसमें भी कहीं रानी मुखर्जी नजर आएँगी! देखते जाइए...यह तो ट्रेलर है, फिल्म अभी

बाकी है···साथ ही याद आ रहा है हसरत जयपुरी का लिखा 'दो जासूस' फिल्म का यह टाइटल गीत···

दो जासूस करें महसूस,
ये दुनिया बड़ी खराब है
कौन है झूठा कौन है सच्चा
हर चेहरे पे नकाब है
जरा सोचो, जरा समझो, जरा सँभल के रहियो जी।

□

06

चुनावी मौसम की लहर...

चुनावी मौसम की लहर किसी भी तरह से शीतलहर से कम प्रतीत नहीं होती है। जरा सी असावधानी नेता को पदच्युत कर सकती है। लेकिन जिस भी नेता की लहर चल पड़ती है, मार्केट में सुपरस्टार के रूप में जाना जाने लगता है। जूता, चप्पल से लेकर मोबाइल, घड़ी, पेन यहाँ तक कि महिलाओं की साड़ियों पर भी उसकी तसवीर उकेरी जाती है। घर की हर चीज उसके नाम की माला जपती नजर आती है, अब चाहे वह चाय हो या कोई फल-फ्रूट। यूँ कहें कि उस समय जनता उसे भगवान् के अवतार के रूप में देखे तो कोई अतिशयोक्ति नहीं होगी। जिस नेता की लहर चल रही होती है, वह नेता दिनोदिन एक चमकता सितारा बन जाता है। बेशकीमती दुआओं से मालामाल होकर बनारस की नदी में डुबकियाँ लगाता है। तरह-तरह की वेशभूषा बनाकर जनता के सामने आता है, ताकि आम आदमी उसे अपने जैसा ही समझे।

चुनावी मौसम में जिस नेता की लहर चलती है, बस उसी की जय-जयकार होती है और अगर यह लहर विपरीत चल पड़ी तो सुनामी लहर में तब्दील भी हो सकती है। उस सिच्युएशन में ब्रांडेड जूता, चप्पल, अंडा, टमाटर, स्याही, झाड़ू से लेकर लात, घूँसे, मुक्के, थप्पड़

भी जनता की तरफ से पुरस्कारस्वरूप उस नेता को मिल सकते हैं। चुनावी मौसम का दौर बहुत ही नाजुक दौर माना जाता है। जरा सी सावधानी हटी कि दुर्घटना घटी।

एक ही बात के जनता कितने मतलब निकालती है, ये बेचारे नेता ही समझ सकते हैं। जिस नेता के लिए जनता प्राण तक न्योछावर करने को तैयार हो जाती है, उसी को ऐसी पटखनी देती है कि वह सत्ता का सपना भूल बार-बार गांधी बाबा के पास क्षमा-याचना हेतु चला जाता है।

नेताओं के भाषण भी विद्वान् लोगों द्वारा लिखे जाते हैं। जिसमें एक-एक शब्द पर ध्यान दिया जाता है। जैसे कि मनमोहन सिंहजी पर किसी ने भी अधिक बोलने की या अपशब्द बोलने की तोहमत नहीं लगाई है। दूसरी तरफ मुलायम सिंह यादव का भाषण किसी विरोधी पार्टी का लिखा हुआ लग रहा था, जो उनके लिए सुनामी की लहर लेकर आ गया था।

चुनावी मौसम की लहर का असर बाबाओं, संतों, महात्माओं पर भी बहुत होता है, वैसे तो सभी जानते हैं कि संन्यासियों के लिए सांसारिक जीवन से कोई लेना-देना नहीं रहता। उनकी नजर में नेता-अभिनेता या किसी आम आदमी में कोई फर्क नहीं रहता। लेकिन चुनावी लहर का ही दोष है यह, जो बाल ब्रह्मचारी रामदेव बाबा को हनीमून जैसे शब्दों से परिचित करवा गया। तभी तो बाबा रामदेव मोदी की लहर में राहुल को बुरा-भला कह गए, और संत शंकराचार्य भी राहुल का पक्ष लेकर बाबा रामदेव और मोदी का विरोध कर गए। सौ प्रतिशत शीतलहर की तरह रामदेव बाबा चुनावी लहर की चपेट में आ गए, वरना योगगुरु अपनी दुकान छोड़कर क्यों इस पचड़े में पड़ते?

चुनावी मौसम की लहर में गालियों की बरसात ऐसे हो रही है जैसे गंजे के सिर पर ओले पड़ रहे हों। घर से लेकर गली तक और गली से संसद् तक गालियाँ-ही-गालियाँ। आम आदमी की गालियाँ भी चुनावमयी

हो गई हैं, जैसे कि ओए प्रधानमंत्री की औलाद। बाकी दिनों में तो अभिनेताओं के नाम की गाली चल जाती थी, जैसे कि 'ऐ ऐश्वर्या' चल सब्जी लेकर आ। ओए धर्मेंद्र की औलाद पढ़ ले। आम आदमी फिर भी नेता या अभिनेता के नाम की गाली देकर चुप हो जाता है, लेकिन नेताओं का काम साधारण गाली-गलौज से नहीं चलता। उन्हें कुत्ता, बंदर, गिरगिट आदि सभी प्रकार के जानवरों के नामों की आवश्यकता होती है।

पिछले चुनावों में लालू प्रसाद यादव ने नीतीश को गिरगिट की तरह रंग बदलनेवाला कहा था। तो विधानसभा स्पीकर कुलदीप शर्मा ने पूरी-की-पूरी भाजपा को ही गिरगिट कह दिया था। आप पार्टी के नेता का बार-बार वादे करना-तोड़ना का रवैया देखकर उन्हें केजरीवाल से गिरगिटवाल कहकर पुकारा गया। नेताओं को शायद पता नहीं है कि गिरगिट एक शांतिप्रिय प्राणी है, जो अपनी रक्षा के लिए ही रंग बदलता है, न कि वादे करके मुकरता है। गिरगिट हिंसक भी नहीं है, जो उसके नाम का दुरुपयोग करनेवाले को काट खाए।

अब देखिए कांग्रेस के अध्यक्ष अर्जुन मोढवाडिया ने नरेंद्र मोदी को बंदर कह दिया था, तो किरणमयी नायक ने नरेंद्र मोदी, राजनाथ सिंह तथा लालकृष्ण आडवाणी को गधा ही बता दिया। बंदर बेचारा क्या करेगा, थोड़ा उछल-कूद और गधा तो वैसे ही कुछ नहीं कहता किसी को।

चुनावी मौसम का असर सास-बहू सीरियल पर भी बहुत पड़ रहा है। हर चैनल आजकल इस तरह से चुनाव के प्रचार में लगा है कि सास-बहू को भी अपने सीरियल छोड़कर चुनावी कार्टून देखने में ज्यादा मजा आने लगा है। जैसे आजकल डोन के रूप में मोदीजी को फिल्माया जा रहा है, जिसे देखकर सबको आनंद आने लगा है। कई न्यूज चैनलवाले सुबह से शाम तक चुनावी दुकान लगाए बैठे नजर आते हैं। जब भी टी.वी. ऑन करो, चार-पाँच नेता बैठे दिखाई देते हैं, देखकर लगता है

घर जाते ही नहीं हैं। रात को जिस चैनल पर छोड़कर सोए थे, जागे तो देखा अभी तक वहीं बैठे हैं। कुछ पार्टी कार्यकर्ताओं ने अपने घर पर ही टी.वी. स्टूडियो का सा काम किया हुआ है, ताकि घर बैठे-बैठे ही टी.वी. पर नजर आएँ। सबसे अजीब बात तो तब होती है जब सारे एक साथ बोलने-चिल्लाने लगते हैं। समझ ही नहीं आता कि बहस हो रही है या लड़ाई।

चुनावी मौसम में ही ऐसा होता है, जब सुदामा के घर श्याम आते हैं। जब वसुंदरा बी.एम.डब्ल्यू. से उतरकर खेत में पड़ी चारपाई पर बैठ गठिया रोटी खाती है। चुनावी मौसम में ही हेमामालिनी, जो कि केंट का पानी पीने का विज्ञापन दिया करती हैं, हैंडपंप चलाकर दिखाती हैं। चुनावी मौसम में ही नेता हों या अभिनेता, सबको आम हिंदुस्तानी बनने की फिक्र सताती है।

□

07

अपना प्रधानमंत्री खुद चुनें उपयोगी टिप्स

कल टी.वी. पर 'कौन बनेगा करोड़पति' देखते-देखते यह खयाल आया कि क्यों न प्रधानमंत्री का चुनाव भी इसी तरह हो जाए! है न लाजवाब सोच! अब देखिए कितने उम्मीदवार खड़े हैं लाइन में। कोई हाथ दिखाता है तो कोई हाथी। कोई ट्रैक्टर लेकर आ गया तो कोई साइकिल। आम आदमी तो झाड़ू लेकर आ गया है।

मुझे लगता है देश की जनता से भी पूछ लेना चाहिए था कि प्रधानमंत्री किसे बनाना चाहिए। या तो अमिताभ बच्चन हॉट सीट पर बैठकर सभी उम्मीदवारों में से क्विज कॉन्टेस्ट द्वारा चुनें, ताकि देश की जनता को इस बात का तो विश्वास हो ही जाएगा कि हमारा प्रधानमंत्री अपनी काबिलीयत से बना है, खुद कॉन्टेस्ट जीता है। वरना अंधेर नगरी चौपट राजा। रबड़ स्टैंप तो भैया किसी को भी बना दो।

यह देश का अहम् फैसला है जी। इसमें महिलाओं की भी राय लेनी चाहिए। यदि आप मुझसे पूछते तो मैं आपको सही और उत्तम राय ही देती। क्योंकि प्रधानमंत्री सिर्फ देखने के लिए या कुरसी तोड़ने के लिए ही नहीं होता। देश का बेड़ा पार करने के लिए भी होता है। इसके लिए कुछ जायज शर्तें तय होनी चाहिए, ताकि देश का प्रधानमंत्री चुना जा

सके। चलिए आपको भी बता ही दिया जाए कि हमारी 'आम औरत पार्टी' ने क्या सोचा है। सबसे पहली बात प्रधानमंत्री की उम्र चालीस से पैंतालीस के बीच होनी चाहिए। प्रधानमंत्री को दुनियादारी की पूरी पहचान होनी चाहिए। किसकी बेटी का किससे साथ चक्कर है, कब कौन किसके साथ भागनेवाली है, और किसकी बीवी किसे धोखा दे रही है। किसके मुँह में आसाराम है···और किसकी बगल में शिल्पी छुरी है। अब इन सब बातों का पता होगा तो पहले से ही बचने-बचाने का जुगाड़ किया जाएगा।

अब मुद्दा यह उठता है कि ऐसा शातिर दिमाग किस इनसान के पास होगा। इनसान से तात्पर्य इनसान ही है, यहाँ कृपया उन संबोधनों पर ध्यान न दिया जाए जो गधा, उल्लू या कोल्हू के बैल की श्रेणी में आते हैं। हाँ, तो मैं कह रही थी कि जो देश-विदेश की खबरों के साथ-साथ घर की खबरें भी रखे। जहाँ तक मेरा चालीस साल का तजुर्बा कहता है तो भैया ये सब बातें तो एक नारी ही ढंग से बता पाएगी।

अब अपने मोहन को ही ले लो···चुपचाप खड़ा मुसकराता रहता है। उसके पीछे एक औरत न होती तो देश का क्या हाल होता···आप सब जानते हैं। तो भाई लोगों, सबसे पहली बात तो यही है कि प्रधानमंत्री किसी महिला को ही बनाया जाए।

क्यूँ?···क्या मैं गलत बोल रही हूँ? घर को चलाना, यहाँ तक कि पति को चलाना, देवता बनाना, पूजना और काम भी करवाना। ये सारे गुण एक नारी में उपलब्ध हैं। उपलब्ध क्या हैं कूट-कूटकर भरे हैं जी। नारी-शक्ति का मुकाबला तो देवता तक नहीं कर पाए हैं, जिन्होंने अनजाने में इसका आविष्कार कर दिया था। हम अपने घर के साथ-साथ अड़ोस-पड़ोस सबकी खोज-खबर रख लेते हैं तो देश भर की क्यों नहीं ले सकते, बताओ?

···तो भाई लोगो, हमारा नेता कैसा हो···जैसा हो। अरे···रे, मैं अपने

लिए नहीं कह रही कि मुझे प्रधानमंत्री बनना ही नहीं है। मेरे पास तो फुरसत ही नहीं है। क्या करूँ वरना आपका आग्रह ठुकरा दूँ ऐसी मैं नहीं हूँ।...

लेकिन हाँ, आप एक बार बस इमेजिन करके देखिए तो मैं यह वादा करती हूँ कि मैं इस बात का परदाफाश कर दूँगी कि तेरी साड़ी मेरी साड़ी से सफेद कैसे? यह मेरा पक्का वादा है आपसे कि मैं पूरे देश को हिलाकर रख दूँगी। रुपया नीचे गिरेगा नहीं और डॉलर ऊपर उठेगा नहीं। प्याज भी यूँ इतराएगा नहीं, क्योंकि पूरे शहर में सड़क किनारे बस प्याज-ही-प्याज उगाए जाएँगे कि जानवर भी नहीं खाएँगे। रही बात डीजल, पेट्रोल या रसोई गैस की तो कोई-न-कोई विदेशी फार्मूला चुराकर डीजल, पेट्रोल और गैस तो बचा ही लूँगी। हम भारतीयों को बिजली चुराने की, टैक्स चुराने की, इधर का सामान उधर करने की बचपन से आदत होती है।

...तो दोस्तों, चाहे जो हो जाए, मैं हर वादा जो मैंने किया है या किया नहीं है, कुरसी मिलने तक हर हाल में पूरा करूँगी। मैंने हर परेशानी से निबटने की तरकीबें सोच निकाली है। मेरे देश के समझदार नागरिको, आप सबकी यही मरजी है तो मैं आप सब के लिए यह कुरबानी देने को भी तैयार हूँ। वैसे यह सच है कि बस फुरसत ही नहीं है मेरे पास।

□

08

जुबान में हड्डी नहीं दी भगवान् ने

किसी कवि ने कहा है कि 'खुदा को भी पसंद नहीं है/सख्ती जुबान में/इसीलिए नहीं दी/हड्डी जुबान में।

दोस्तो, मुझे भी ऐसा ही लगता है, लेकिन साथ ही हम सब यह सोचते हैं कि इस नाजुक सी जुबान को भगवान् ने बत्तीस तालों के मध्य क्यों रखा हुआ है यह और जब-तब बोलते समय जीभ अपने ही दाँतों से कुचली क्यों जाती है? तो यह बात आज समझ आई, इस बिन हड्डी की छोटी सी जुबान को बत्तीस तालों में ईश्वर ने सोच-समझकर ही रखा था, ताकि जब भी जरा सी फिसली तो कटी दाँतों तले, लेकिन इसके बावजूद यह इतनी लचीली और नाजुक होती है कि जब चाहो पलट जाए, जब चाहो फिसल जाए। जुबान का पलटना या फिसलना इनसान के जीवन पर अमिट प्रभाव छोड़ जाता है। जो काम तीर-तलवार नहीं कर पाते, छोटी सी जुबान कर डालती है। इसीलिए तो कहते हैं कि हथियार का घाव समय के साथ भर जाता है, लेकिन जुबान का घाव सारी जिंदगी नहीं भर पाता।

कभी-कभी तो मुझे यह बिहारीजी के सतसइया के दोहे सी प्रतीत होती है, 'देखन में छोटे लगे/घाव करे गंभीर।'

जुबान पलटने या फिसलने के कई कारण होते हैं, कभी-कभी घबराकर तो कई बार नशे में जुबान फिसल जाती है, कभी खुशी में तो कभी गुस्से में भी ऐसा होता है, कई बार ऐसा भी होता है, जैसे जुबान पर किसी ने बर्फ रख दी हो और सारे शब्द मुँह में घूम गए हों, शब्दों के घूमने से जुबान पर बल पड़ जाते हैं, जिससे जुबान पलट भी जाती है, और आदमी की सारी इमेज खराब हो जाती है, जैसे खिलाए कोई, गुण गाए किसी के, अब यह तो गलत ही हुआ था न कि आपकी खातिरदारी में भूटान ने कोई कसर नहीं छोड़ी और आप उन्हीं के सामने शुक्रिया नेपाल के राजपरिवार का कर आए हैं। इसमें कसूर आपका भी नहीं लगता। मुझे लगता है खुशी के मारे बर्फ के ठंडे पानी पर आपकी जुबान सँभल नहीं पाई। ऐसी फिसली कि फिसलते-फिसलते लद्दाख पर जाकर अटकी। अब कहीं जुबान में भगवान् ने हड्डी दी होती तो ठंडे पानी का कोई असर तक नहीं होता।

□

09

...और झाड़ू की बढ़ गई वैल्यू

जिनकी कमीज की क्रीज भी न खराब हो पाती थी, जिनके घर में सफाई के लिए चार-चार नौकर रखे हुए थे, वे ही सड़क साफ करने आ गए हैं। उनके साथ पूरी टीम है, नई झाड़ू, नया बेलचा और नया डस्टबिन लिये हुए। कल तक जिन्हें कुछ नजर नहीं आता था, आज अपने ही कार्यालय की सीलिंग में जाले और अलमारियों पर बरसों से जमी गर्द दिखाई दे रही है। 'स्वच्छ भारत मिशन' का ऐलान होते ही चारों तरफ गंदगी दिखाई देने लगी है। इसीलिए तो यह सफाई अभियान कम ऐलान-ए-जंग ज्यादा नजर आ रहा है।

जैसे ही खबर हुई आज फलाँ मंत्रीजी ने फलाँ सड़क को साफ करने का बीड़ा उठाया है, उनके गाड़ी से सड़क पर उतरने से पहले ही सड़क को पूरी तरह नहला-धुला कर साफ कर दिया गया था, फिर भी किसी कमबख्त ने दो बीड़ी के टुकड़े और माचिस की तिल्ली सड़क पर डाल ही दी, जिसे मंत्रीजी ने बड़ी कठिनाई से बेलचे, झाड़ू और एक सहयोगी की मदद से डस्टबिन के सुपुर्द कर दिया। इस प्रकार स्वच्छ भारत मिशन के प्रति अपनी प्रतिबद्धता को साबित किया। मीडिया और अखबारों में चार-पाँच झाड़ू वाले एक साथ नजर आए। सब झाड़ू हाथ

में लेकर ऐसे फोटो खिंचवा रहे हैं, जैसे झाड़ू न हो गई, देश का झंडा हो गया।

यह पोज सिर्फ तसवीर खिंचवाने के लिए दिया गया था, ताकि देश को सफाई का संदेश पहुँच जाए तथा मोदीजी को सूचना। यह देखकर काका हाथरसी की एक कविता याद आ गई···

चमचों से चटनी पिसवा लो,
चमचों से चीनी मँगवा लो
अलबेली सरकार जमाना चमचों का
सुनो मेरी सरकार जमाना चमचों का···

वैसे तो झाड़ू लगाने का अभियान सदियों पुराना है। बचपन में स्कूल में बच्चों को सिखाने के लिए हमारी प्रधानाचार्या झाड़ू लेकर जुट जाया करती थीं, उनकी देखा-देखी कुछ शिक्षिकाएँ भी हाथ में झाड़ू उठा लिया करती थीं। कुछ शिक्षक परेशान होकर झाड़ू उठाते थे, तो कुछ चमचा टाइप शिक्षक-शिक्षिकाएँ प्रधानाचार्या को खुश करने के लिए ऐसा करते थे। हम बच्चों को तो अंततः झाड़ू लगानी ही होती थी। देखा जाए तो आज भी वैसा ही दृश्य दिखाई दे रहा है। जैसे ही प्रधानमंत्री ने ऐलान किया कि दो अक्तूबर को झाड़ू लगाएँगे, उनके चाहनेवाले, बहनें-भाई, मंत्री-संत्री सब नहा-धोकर झाड़ू हाथ में उठाए सड़कों पर उतर आए हैं, यह और बात है कि मंत्रीजी के हाथ में झाड़ू मुसकरा रही है, जिसे छूते ही मंत्रीजी नहाकर आते थे, आज हाथ में पकड़कर फोटो भी खिंचवा रहे हैं।

सौभाग्यशालिनी झाड़ू अपनी किस्मत पर इठला रही है कि जिस इनसान की एक झलक को आज दुनिया तरस रही है, जिसे तमाम देशों से बुलावे आ रहे हैं, वे खुद उसे अपने हाथों से पकड़नेवाले हैं। और उस सड़क की तो किस्मत ही चमक जाएगी जिसे प्रधानमंत्री खुद चमकाएँगे।

आज देश भर में झाड़ू की वैल्यू और पावर बढ़ गई है। झाड़ू भी

ऐंठकर चलने लगी है। यह वही झाड़ू है दोस्तो, जो कल तक चुनाव हार गई थी, और एक कोने में पड़ी गुमनाम जिंदगी जी रही थी। झाड़ू की हार पर कई सफाई अभियंताओं की आँखों में आँसू आ गए थे, खुद झाड़ू भी जार-जार रोई थी अपनी बदकिस्मती पर। कुछ लोग तो दबी जुबान में झाड़ू के चरित्र पर कीचड़ भी उछाल रहे हैं कि झाड़ू ने पार्टी के साथ गद्दारी की है, अचानक ही अपना पाला बदल लिया है। कुछ लोगों का यह भी कहना है कि मोदीजी ने झाड़ू से हाथ मिला लिया है, वरना शहर की सफाई क्या हाथ से होती? खैर, कीचड़ को साफ करने का काम तो झाड़ू द्वारा ही होगा, लेकिन सफाई किस हद तक हुई यह बात तो प्रधानमंत्री भी नहीं जान पाएँगे।

□

10

जेब ही तो कतरी है... इसमें हमारा कोई कुसूर नहीं

महिलाओं को जेबकतरी कहकर उनका अपमान नहीं होना चाहिए। सच यह है कि हम बेकसूर हैं। हमारी नजर में जेब कतरना कोई जुर्म नहीं है। यदि होता तो हमारी दादी-नानी को पहले सजा मिलती। यह एक ऐसा कार्य है, जिसमें हमें किसी विशेष प्रशिक्षण की आवश्यकता ही नहीं होती है। यह कार्य तो उन तमाम कार्यों की तरह ही है, जो हम बचपन से दादी-नानी को करते हुए देखती आई हैं। हमने माँ को भी देखा है, बापूजी की जेब कतरते हुए। बापूजी खुश होकर कहा करते थे कि तेरी माँ जेब अच्छी तरह से सँभालती है। अब जेब सँभालने में तो कोई बुराई है ही नहीं। क्यों सरकार इसे जुर्म करार कर रही है।

मुझे लगता है, यह मेट्रो की गलती है, जब से हम महिलाओं का डिब्बा अलग बना दिया गया है, कोई महिला अपने पति के पास खड़ी हो ही नहीं सकती। अब यदि किसी को पति की जेब कतरने की आदत पड़ चुकी हो, और गलती से कतर ली जाए किसी और की, तो इसमें उस महिला का क्या कुसूर? और यदि महिला द्वारा दूसरी महिला की जेब कतरी जाए तो परेशानी हो ही जाएगी न। दरअसल सभी पुरुषों को

आदत हो जाती है जेब कतरवाने की, इसलिए चल जाता है। कोई महिला की जेब ही कतर ले तो कैसे बरदाश्त होता? बस इसीलिए पकड़ी गई हैं।

जेब कतरने का कार्य जेब की सफाई से जुड़ा है। माँ भी बापूजी के कपड़े धोते समय जेब का विशेष ध्यान रखा करती थी कि कहीं जेब में कुछ रह न जाए। हमें भी कपड़े धोने से पहले जेब की सफाई करनी-ही-करनी है। रोज जेब की सफाई करते-करते ऐसी आदत पड़ गई है कि हर जेब साफ ही होनी चाहिए। जरा सी जेब भरी देखी कि चलो खाली करो, धुलाई करनी है। अब वह जेब खुद की हो या पड़ोसी की। क्या फर्क पड़ता है। जेब तो बस जेब ही है न। अब आप खुद ही बताइए कि कपड़े धोएँ हम, सुखाएँ हम, तो क्या जेब की सफाई कोई और करेगा? क्या आप जेब की सफाई करने के कृत्य को भी जेब कतरना ही कहेंगे?

अरे भई, सरकार की जेब तो नहीं कतरी न? अब इस छोटी सी बात का टी.वी. और अखबार पर ढिंढ़ोरा पीटने की जरूरत ही क्या थी? बात का बतंगड़ बनाकर रख दिया है। जेब की बात थी कुछ ले-देकर भी तो निबटाई जा सकती थी न!

□

11

एक लाइक तो बनता ही है न

ज्यादा मत सोचिए। कोई लड़की या लड़के की फोटो को शादी के लिए लाइक करने की बात नहीं हो रही है। यहाँ सवाल बस एक लाइक का है। लाइक बोले तो— अंग्रेजी का यह लाइक चेहरे की किताब पर पसंद का एक चटका लगाना है कि फलाँ की तसवीर खूबसूरत है, तो फलाँ ने एक शेर लिख डाला है और चाहता है कि आप जरा लाइक का चटका लगा दें। ज्यादा नहीं, बस एक छोटी सी ख्वाहिश ही तो करता है हर फेसबुकिया कि आप आएँ और एक लाइक का चटका लगाएँ। सुबह शर्माजी प्रोफाइल पर एक तसवीर लगा आए थे। तब से बीस बार कंप्यूटर खोलकर देख चुके हैं कि किसी ने लाइक किया कि नहीं। अब सारे घरवाले तो लाइक कर ही चुके हैं, दूसरा न करे तो क्या किया जाए?

वैसे एक लाइक में जाता क्या है, कर ही दो आप भी। कौन आप शादी के लिए पसंद कर रहे हो। जरा सा माउस घुमाया, क्लिक किया, हो गया लाइक। सारे दोस्तों को फोन करके पूछ चुके हैं, लाइक किया कि नहीं। यार, एक लाइक का सवाल है बस। सोशल मीडिया की मानें तो 4.5 अरब लोग फेसबुक पर लाइक का चटका लगाते हैं।

औसतन एक व्यक्ति 20 मिनट तक फेसबुक पर रहता है। तो क्या पाँच हजार फेसबुकिया फ्रेंड्स में से पचास से भी लाइक की उम्मीद न की जाए। अरे, लोग तो किसी के बाप के मरने की खबर पर भी ऐसे लाइक का चटका लगाते हैं कि तेरा बाप मरा तो मरा। सामनेवाला भी सोचता रह जाता है कि इसे मेरे बाप के मरने की खबर भी पसंद आ गई, कमाल है!

कितनी अजीब सी बात है दोस्तो, यह लाइक का चटका एक पल में बता देता है कि आप किसी को कितना पसंद करते हैं, जब आप किसी की हर बात पर चटका लगाते हैं। देखा जाए तो आपका कुछ खर्च भी नहीं हो रहा। वह कहते हैं न 'हींग लगी न फिटकरी रंग भी चोखो आवै।' किसी के मन को शांति मिलती है, कोई यह सोच-सोच कर खुश है कि इतने लोग उसे पसंद कर रहे हैं और यह आपके लिए भी सही है। वैसे भी जब खाली बैठे हों तो करना ही क्या होगा। एक तो लॉगिन करो। दूसरे की प्रोफाइल देखो, इतना टाइम खोटा करो तो कम-से-कम सामनेवाले को चटका लगा के बता भी दो कि देख आज मैं आया हूँ, कल यही चटका लगाने तुझे भी आना है। इस धंधे में बेईमानी बरदाश्त नहीं होती दोस्तो। उसूलन तू मेरी पीठ खुजला, मैं तेरी खुजलाऊँ।

कुछ लोगों को तो इस लाइक का ऐसा बुखार होता है कि महिला हो या पुरुष, अपनी जवानी के टाइम की ऐसी तसवीर चस्पा कर लेते हैं कि खुद घरवाले गच्चा खा जाएँ। एक महिला काफी समय से अपने बचपन की तसवीर लगाए थी। उसकी लिस्ट में दुनिया भर के स्कूल के बच्चे शामिल हो गए। एक बच्चा तो उसके चक्कर में ही पड़ गया और कमेंट करने लगा—साड़ी के फॉल सा मैच किया रे···। बस एक लाइक के चक्कर में बालक पागल हुआ जा रहा था और दादी मन-ही-मन बोल रही थी—मुए मैं तेरी दादी हूँ, नासपिटे फेसबुक पर यह

काम करता है। अब बताओ बच्चे को इस चेहरे में दादी दिखाई कैसे दे! वसीम वरेलवी लिखते हैं—

अपने चेहरे से जो जाहिर है छुपाएँ कैसे।
तेरी मरजी के मुताबिक नजर आएँ कैसे॥

बार-बार लाइक करने पर भी जब कोई लाइक न करे तो आदमी विक्षिप्त सा हो जाता है। इसी पागलपन के दौर में वह नई पोस्ट लिखता है—मैं ऐसे लोगों को अपनी प्रोफाइल से डिलीट कर रहा हूँ, जो संवेदनशील नहीं हैं। अब यह भी कोई बात हुई, बार-बार एक ही बात सुनते आए हैं कि पुलिस ऐसे इलाकों में कर्फ्यू लगा देती है, जो संवेदनशील होते हैं। फेसबुक पर कब कर्फ्यू लग जाए, मालूम नहीं।

□

12

हमारे वजन से तुम सब जलते क्यों हो

पिछले दिनों एक खबर सुनने में आई कि समोआ एयरलाइंस मोटे लोगों से दोगुना किराया वसूलती है। यह कंपनी अमेरिकी समोआ द्वीप के लिए हवाईसेवा उपलब्ध कराती है। उसमें यात्रा के लिए एक किलोग्राम वजन के लिए एक से 4.16 डॉलर तक अतिरिक्त खर्च करना पड़ता है। इस यात्रा के दौरान यात्री के सामान और उसके अपने वजन में कोई फर्क नहीं किया जाता। तो क्या मोटे लोगों का वजन उठाते-उठाते रिक्शेवालों की तरह हवाईजहाज वाले भी उकता गए हैं? हद हो गई भैया। मोटे बेचारे हर जगह लूटे जा रहे हैं। एक तो मोटापे की वजह से खाना ज्यादा पड़ता है। कपड़ा ज्यादा लगता है। दूसरे इस महँगाई ने जान निकालकर रख दी है। जो लोग चार लोगों का अकेले खाते हैं, उन पर तो कहर टूट पड़ा है।

अब पार्टियाँ या शादियाँ रोज-रोज तो होती नहीं, जो काम चल सके। महाकाय शरीर छुपाए छुपता भी नहीं है। मेजबान संदेह की दृष्टि से देखता है कि यह दूसरी प्लेट खा रहा है या चौथी?

मोटे लोगों के खिलाफ हर जगह साजिश हो रही है। ब्रिटेन के एक ट्रस्ट ने तो मोटापा कम करने पर इनाम की घोषणा कर दी, लेकिन बात

यहीं तक नहीं रही। अब ब्रिटेन ने एक और योजना बना डाली है, जिसके मुताबिक मोटे लोगों के अंतिम संस्कार के लिए 40 पाउंड का अतिरिक्त कर देना पड़ेगा। क्या इससे मोटापा कम हो जाएगा? यह तो भैया और भी जटिल समस्या हो गई कि बेचारे मोटे लोग जीते जी ही जेब ढीली नहीं करें, वरन् मरते-मरते घरवालों की जेब से वसूली भी करवा के जाएँ।

अमेरिका की भारोत्तोलक हॉली मैनगोल्ड को इस बात पर गहरी आपत्ति है कि मीडिया और जनता उन्हें मोटी कहती है, जबकि वे एक अच्छी एथलीट हैं। अब वजन का काँटा उनके चढ़ते ही 150 को पार कर जाए तो उनका क्या कसूर? उन्हें तो अपने मोटापे पर गर्व है। वे इस बात को गलत बताती हैं कि खेलकूद के लिए छरहरी काया होनी चाहिए। बिल्कुल ठीक कहती हैं वे। शरीर क्या होता है, जज्बा होना चाहिए।

वैसे अमिताभ बच्चनजी ने गाया भी है कि जिसकी बीवी मोटी उसका भी बड़ा नाम है। पर लगता है कि यह गाना समोआ एयरलाइंस ने नहीं सुना। उन्होंने शायद वह हरियाणवी गीत सुन लिया होगा—जिसकी बीवी मोटी उसकी आफत होरी सै, दरवाजे में फँस गई तो खिचम खाची होरी सै। इसलिए हवाईजहाज वालों ने क्लीयर बोल दिया है भैया कि एयरलाइनें सीटों पर नहीं चलती हैं, वे वजन पर चलती हैं। जैसे हम अतिरिक्त वजन नहीं चढ़ाते, वैसे ही भारी यात्रियों को नहीं चढ़ाएँगे या उनसे ज्यादा वसूलेंगे। लो जी कर लो बात, आदमी न हुआ सब्जी-भाजी, सूटकेस हो गया।

यह तो मनुष्यता का अपमान है। उसकी स्वतंत्रता पर रोक है कि भैया यह मत खाओ, यह मत पीओ। इतना मत सोओ। फिर इस जिंदगी का मतलब क्या रह जाएगा। ऐसा सोचनेवाले क्या चाहते हैं कि कोई चैन भर नींद भी न ले? आखिर नींद और आलस्य भी तो प्रकृति की ही देन है। और चटोरापन भी तो प्रकृति ने ही दिया है न।

अब जल्दी ही स्लिम बनाने के लिए नई-नई तिकड़में शुरू हो जाएँगी। कोई स्लिम टी पिएगा, तो कोई कैपस्यूल खाएगा कि जल्दी-से-जल्दी पतला हो जाऊँ।

इंग्लैंड में वैज्ञानिकों ने एक 'बुद्धिमान' माइक्रोचिप बनाया है, जिससे मोटापा घटाया जा सकेगा। अब यह प्रकृति के काम में हस्तक्षेप नहीं तो क्या है? लेकिन मोटे लोगों की ओर से इसका विरोध नहीं हो रहा है। समझ में नहीं आता कि उनमें इतनी हीन भावना क्यों है। वे क्यों नहीं पूरे आत्मविश्वास के साथ संगठित होते हैं?

उन्हें भी ग्रीन पार्टी की तर्ज पर ओबेस पार्टी या किसी और नाम से पार्टी बना लेनी चाहिए। एक बार तमाम मोटे संगठित हो जाएँ तो किसी भी देश की सरकार मोटापा विरोधी कदम नहीं उठा पाएगी।

□

13

चोर, चोर, पानी चोर

लो कर लो बात। दिल्ली में पानी चोरी की एफ.आई.आर. दर्ज की गई है। एक साहब ने पुलिस में शिकायत की है कि उनकी टंकी से कोई पानी चुरा ले गया। मामला अज्ञात में दर्ज हुआ है। अब बताए कोई···भला पुलिस कैसे पकड़ेगी पानी चोर को। क्या चोर के पेट का परीक्षण किया जाएगा? परीक्षण भी किया गया, तो कैसे पता चलेगा कि यह टंकी का पानी है या मटके का? मान लीजिए टी.डी.एस. द्वारा जाँच भी हो जाए कि यह टंकी का ही पानी है तो यह कैसे साबित कर पाएँगे कि यह पानी उसी टंकी से पीया गया है, किसी और टंकी से भी पी सकता है? मुझे तो बेचारे पुलिसवालों पर तरस आ जाता है। हमारे देश की पुलिस को कैसे-कैसे काम करने पड़ते हैं। गटर खुला रह गया पुलिस बुलवाओ, बंदर घर में घुस गया पुलिस बुलवाओ, और-तो-और, कूड़ा घर के आगे फेंका तो भी पुलिस बुलवाओ। अब पानी चोर का पता भी पुलिस ही लगाएगी।

अब पानी का तो न कोई रंग है न रूप। मुझे लगता है पुलिस 'रोटी, कपड़ा और मकान' फिल्म का गाना गाती हुई ही नजर आएगी कि 'पानी रे पानी तेरा रंग कैसा।' अब पानी की जुबान होगी तो बताएगा।

ये तो भला हो लता मंगेशकरजी का कि तुरंत बता दिया, जिसमें मिला दो उसी जैसा, वरना बेचारा हीरो तो पुलिस की माफिक ढूँढ़ता ही रहता।

सच बताऊँ तो मामला पेचीदा होता जा रहा है। अब आप यह बताइए कि पानी कहाँ नहीं है। गानों में, कविताओं में, मुहावरों में, कहाँ-कहाँ ढूँढ़ा जाएगा? हरिवंशराय बच्चनजी ने भी कहा है कि 'तीन लोक में फैला है, फिर भी बिकता है, बोतल में पानी।'

अब बात नेताओं की तो है नहीं, जो अपनी पानी की टंकी ही नहीं, टैंकर तक छुपाकर रख लेते हैं, और छुपा भी क्यों न लें, उनकी तो आँख का पानी तक सूख गया है, लेकिन आम आदमी पानी को कैसे बचाए। कम-से-कम जल दिवस के दिन तो बचाना ही होगा। कहीं यह लड़ाई बढ़ते-बढ़ते विश्वयुद्ध का रूप न धारण कर ले।

सोच-सोच कर मेरा तो दिल घबरा रहा है, कहीं विशेषज्ञों की भविष्यवाणी सही तो नहीं हो रही कि अगला विश्वयुद्ध पानी पर ही होगा और अगर हुआ तो अलका याज्ञनिक यही गाएँगी—किस-किसने चुराया पानी, पानी ने आग लगा दी…

□

14

मोहे 'सुकन्या' ही किजे...

जब से मुंबई की म्यूनिसिपल कॉपरेशन ने 'सुकन्या योजना' के तहत लड़की पैदा होने पर एक-एक लाख रुपए देने की घोषणा की है, मैंने अपना आइडिया बदल लिया है। अब आप ही बताएँ भगवान्, क्यों लूँ मैं राजस्थान में जन्म? जहाँ जन्म लेते ही, मटकी में डालकर जमीन के नीचे गाड़ दिया जाता है और देश की राजधानी दिल्ली भी इस मामले में कम नहीं है। सेंटर फॉर मीडिया स्टडीज की रिपोर्ट है कि दिल्ली में 57 फीसदी महिलाएँ कन्या का पता चलते ही कोख में ही मरवा देती हैं। ऐसे में मुंबई ही हम लड़कियों के लिए सेफ ठिकाना बचता है। प्रभु जहाँ सम्मान ही न मिले, वहाँ इनसान को जाना चाहिए क्या? तो हे प्रभु, मुझे तो अगले जन्म में सुकन्या का जन्म ही देना। वह भी मुंबइया।

हे प्रभु, आप तो जानते ही हैं कि एक समय ऐसा भी था, जब लोग घर में बेटी होते ही रोना-पिटना शुरू कर देते थे। अरे नंदू के बापू, तेरा क्या होगा। बेटी का बाप, बेचारा, हमेशा के लिए सिर झुक गया। करे तो क्या करे भैया, जात-बिरादरी में नाक नीची करके बैठना पड़ेगा। ऐसी तमाम बातें सुननी पड़ती थीं। जैसे कि बेटी पैदा नहीं हुई, कोई गुनाह

कर दिया है। और बेटी पैदा हो भी जाती थी तो उसे मुंबई नहीं जाने देते थे। बड़े-बुजुर्ग ऐसे घूर-घूरकर देखते कि लगता अभी कहेंगे—लड़की, तुम्हें क्या मुंबई जाकर हीरोइन बनना है।

पिछले साल 90 हजार 798 लड़कों ने जन्म लिया तो 84 हजार चार सौ दस लड़कियाँ ही पैदा हुईं। अब धीरे-धीरे सब उलटा हो जाएगा। मुंबई में सुकन्या की मौज होनेवाली है। कल कन्या के बाप को सबसे झुककर बात करनी पड़ती थी, आज कन्या पैदा होते ही बाप लखपति बन जाएगा और दस-बारह लड़कियाँ हो गईं तो रोएगा नहीं बल्कि खुश होगा कि करोड़पति बन गया।

आज मुंबई के लोग जप-तप कर रहे हैं, गंडे-ताबीज बनवा रहे हैं कि उन्हें लड़का नहीं, लड़की चाहिए। आज हर कोई भगवान् से प्रार्थना कर रहा है कि हे प्रभु, अबके बरस मोहे कन्या ही दिजे। और-तो-और, बड़े-बूढ़े भी अपने बेटा-बहू को बेटी होने का आशीर्वाद दे रहे हैं। लड़कों का क्या फायदा, एक तो पढ़ाओ-लिखाओ, ऊपर से निट्ठल्ले घूमते हैं। न चौके-चूल्हे में हाथ बटाएँ, न ही कोई और सुख। बेटियों को देखो, जन्मते ही लखपति तो बना ही देंगी।

हे प्रभु, आपकी कृपा से अगले जन्म मैं तो सुकन्या बनकर ही जन्म लूँ। और वह भी मुंबइया।

□

15

सच बता, किसकी भैंस है तू

ओए, तू किसकी भैंस है बोल! ऐ, रुक कहाँ जाती है? बेचारे सिपाही कभी भैंस को ढूँढ़ेंगे, कभी कुत्तों को। देश की भैंस जाए पानी में, हमको क्या। हाँ, मंत्रीजी की भैंस का सवाल है, भैया। भैंस न हुई, फिल्म की हीरोइन हो गई, जो कभी टी.वी., तो कभी अखबार की सुर्खियाँ बन गईं। आखिर सबको नाकों चने चबवाकर मिल भी गई।

कौन जाने! चोरी हुई या भाग गई थी। जैसे अमरीकी जेल से कैदी भाग गए थे और सर्दी के मारे वापस आ गए जेल में। लेकिन इन भैंसों के चक्कर में बेचारे दो सिपाहियों की भैंसें तो गई पानी में। यों कहें कि दोनों को लाइन हाजिर कर दिया गया कि उनके रहते भैंस चोरी हुई, तो कैसे हुई। अब कोई यह बताए कि बेचारे सिपाही कैसे पहचानेंगे कि ये भैंस जो बीच रास्ते में घूम रही हैं, मंत्रीजी की हैं। भैंस की भी कोई पहचान है भैया, भैंस तो बस भैंस है। मंत्रीजी की भैंस पर क्या मंत्रीजी का पोस्टर चस्पा था? या मंत्रीजी की फोटो लटकी थी गले में, जो कोई पहचान पाता?

सबसे सच्ची बात, भैंस कहलाना किसे पसंद है? भैंस शब्द सुनते

ही काली डरावनी विशालकाय आकृति आँखों के सामने कौंध जाती है। क्या आपने कभी सोचा है कि भैंस को कितना बुरा लगता होगा? भैंस बेचारी ब्यूटीपार्लर जाकर भी अपना रूप सँवार नहीं पाती। ऐसे में भैंस, जो कोई मंत्रीजी की हो, तो काहे सुनेगी बेकार की बातें? इसका दूध पी-पीकर मंत्रीजी जवान हुए हैं, इसका खालिस दूध पीकर ही कुशलतापूर्वक पदभार सँभाल पाते हैं। लेकिन इस नेकदिल दूध पिलानेवाली भैंस माता को खिलाते क्या हैं—भूसा! सुलाते कहाँ हैं—तबेले में! क्या भैंस को यह अच्छा लगता होगा? आप सोएँ मखमल पर और भैंस माता सोए तबेले में। एक खटिया भी लगा देते, तो क्या बिगड़ जाता। अरे घर का कुत्ता तक मंत्रीजी के सोफे पर चढ़कर सोता होगा। चार लोग गोद में उठाए घूमते होंगे।

अच्छा चलो, भाग गई या भगा ली गई। भैंस की मरजी। सारे-के-सारे पुलिसवाले भैंस को ढूँढ़ने में लग गए। अब सोचनेवाली बात है कि हमारे देश की पुलिस करे, तो क्या करे? अपराधियों को पकड़े या भैंस पकड़े। अच्छा होता, मंत्रीजी भैंस के गले में भी आधार कार्ड टँगवा देते, ताकि सड़क पार करते वक्त हर सिपाही रोककर आधार कार्ड तो देख ही लेगा कि किसकी भैंस, किसके खेत में चर रही है। बेचारा सिपाही पूछता भी तो किससे पूछता कि ऐ भैंस, तू कहाँ जा रही है।

□

16

बकरी को चाहिए उसका खोया हुआ सम्मान

यदि आप सोचते हैं कि दीवाली के पटाखों के साथ ही मच्छरों का भी सफाया हो गया, यानी कि डेंगू का भी अंत हो गया, तो ऐसा नहीं है। डेंगू के मामले कम जरूर हुए हैं पर पूरी तरह खत्म नहीं हुए हैं। देश भर में उसका खतरा अब भी बना हुआ है।

कुछ दिन पहले चर्चा फैल गई कि बकरी का दूध पीने से डेंगू ठीक हो जाता है। अचानक बकरी के दूध के दाम बढ़ गए। बेचारे डॉक्टर्स परेशान हैं। सोच रहे हैं कि क्या वे बकरी पर पी-एच.डी. कर लें।

कल तक जिस बकरी की कोई औकात नहीं थी, वह आज खड़ी मुसकरा रही है। गांधीजी ने बकरी को उसकी गरिमा दिलाई थी, पर उनके जाते ही हम उनके साथ-साथ बकरी को भी भूल गए। बकरी का दूध पीना लोगों ने छोड़ दिया।

मुझे याद है, बचपन में कभी बकरी गुस्से में आकर सींग मार देती थी तो उसे चुड़ैल कह देते थे। बकरी की तो शक्ल ही चुड़ैल सी नजर आती थी। गाय सींग मारे या पूँछ, फिर भी माता कहकर पूजी जाती थी, बकरी की आवाज एकदम चेपू किस्म की है न! तो हम स्कूल में

अकसर दोस्तों को चिढ़ाने में एक-दूसरे को बकरी की गाली देते थे कि क्या बकरी की तरह में-में लगा रखी है।

बकरी ये सब देख-देखकर थक गई थी। जाने कितने दिनों का अवसाद पाले हुए थी। आखिर एक दिन बकरी गुस्से में आकर डेंगू के मच्छर से मिली और बोली—ये इनसान हमारी कद्र कभी नहीं करेगा। तुझ पर मिट्टी का तेल डलवा देगा, ऑल आऊट से भगवा देगा और मेरा तो हमेशा से शोषण हो रहा है।

जरा सी घास डाली और दूध निकाल लिया। किसी भी पेड़ के पत्ते हों, यहाँ तक की नीम के पत्ते, पपीते के पत्ते, सब मुझे खिला देते हैं और दूध निकाल लेते हैं। हालाँकि छोटे बच्चे को दूध मेरा पिलाते हैं, दवा के रूप में भी मेरा ही दूध काम आता है, लेकिन माता गाय को बताते हैं। अरे, मुझे बहन ही कह देते। या मौसी कह सकते थे।

मेरे सामने ही मेरे बच्चे को मारकर खा जाते हैं। तुम्हीं बताओ भैया, आखिर कब तक मैं बेइज्जती सहन करूँ। बकरी ने डेंगू के मच्छर राजा से विनती की और डेंगू के मच्छर ने रक्षाबंधन के दिन वचन दिया कि हे बहना, जब-जब यह मनुष्य मेरे क्रोध की चपेट में आएगा, इसकी सारी पुश्तें तुम्हें याद करेंगी। तब इन्हें छठी का दूध नहीं, तुम्हारा ही दूध याद आएगा। तथा यह मूर्ख मनुष्य खुद नीम, पपीते के पत्ते ही खाएगा, जो इसने तुम्हें खिलाए हैं। सुनकर बकरी बहुत प्रसन्न हुई और मच्छर भाई अंतरध्यान हो गए। इसलिए इस साल संपूर्ण भारतवर्ष में डेंगू के मच्छर ने जब उत्पात मचाया, तो मच्छर के काटे रोगी को पपीते तथा नीम का रस पिलाया गया। साथ ही सुबह-शाम प्रसाद के रूप में मरीज को बकरी का दूध पिलाया गया। कई जगहों पर बकरी का दो घूँट दूध पचास रुपए तक में बिका है, जबकि इतने में गाय का एक किलो दूध मिलता है। आज कई लोग बकरी पालने की सोच रहे हैं। बकरी को अच्छा-अच्छा खाने को मिल रहा है।

अब ये सब देखकर तो ऐसा लगता है कि हमें बकरी से हाथ मिला लेना चाहिए। गाय की जगह बकरी पर निबंध बच्चों से लिखवाया जाए और उसके दूध पर पी-एच.डी. कर ली जाए, ताकि आनेवाले समय में डेंगू के मच्छर से छुटकारा मिल सके। सरकार को भी इस पर ध्यान देना होगा। पशुपालन विभाग को चाहिए कि वह बकरी पालन के महत्त्व को प्रचारित करे। इस तरह का कार्यक्रम गांधी जयंती पर शुरू किया जा सकता है।

□

17

सोना नहीं, तो सोना नहीं

उन्नाव जिले के डौंडिया खेड़ा में आजकल दिल्ली के शनि बाजार जैसा माहौल है। लोग कुदाल-फावड़ों के साथ अपने दैनिक रोजगार का साज-ओ-सामान लेकर आ धमके हैं। ये लोग दिन भर चाट-पकौड़े और गरमागरम जलेबियों का आनंद उठाते हैं और रात भर जागकर सोने की तलाश में सारा किला खोद डालते हैं। संन्यासी सोने के चक्कर में हवन कर रहे हैं, तो कहीं-कहीं चोर-डाकुओं ने भी रात के अँधेरे में चुपचाप खुदाई का काम चालू कर दिया है। क्या पता, सोना डौंडिया खेड़ा की जगह कहीं और मिल जाए। एक जगह तो कुछ लोगों ने मंदिर के पुजारी को कैद कर मंदिर के अंदर का भाग ही खोद डाला।

शोभन सरकार की भविष्यवाणी पर सोना मिलेगा या नहीं, यह तो मालूम नहीं, लेकिन उन्नाव में त्योहार जैसी हलचल मच गई है। देश के नेता हों या अभिनेता, सभी की दिलचस्पी है इस सोने में। कुछ लोगों का मानना है कि पूरे देश में अनेक स्थानों पर खजाना दबा पड़ा है, बस जमीन को खोदने की जरूरत है। कहा भी गया है कि जिन खोदा तिन पाइयाँ···। उपकार फिल्म का गाना, मेरे देश की धरती सोना उगले, उगले हीरे-मोती भी शायद किसी खजाने की खुदाई से प्रेरित होकर ही बना होगा।

पुरातत्त्व विभाग का मानना है कि खुदाई में एक महीना लग सकता है। तो क्या सब लोग एक महीना वहीं तंबू तानकर इंतजार करें कि कब धरती माता सोना उगलेंगी और कब उनके दिन बहुरेंगे। एक महीने तक वहाँ बैठे रहकर साधु-संतों के भजन सुनकर दिन बिताना तो कठिन है। ऐसे में यह भी हो सकता है कि लोग गुस्से में आकर कुदाल-फावड़े लेकर ऐसी खुदाई कर दें, जो एक महीना क्या, एक दिन में पूरी हो जाए। सबकी नजर उन्नाव पर टिकी है।

चाहे कुछ भी हो जाए, खुदाई होगी। आखिर साधु बाबा की जुबान है। भई, सोना न मिला, तो गरदन कटवा लेंगे, वे कोई साधारण मनुष्य नहीं हैं। कुछ मॉडर्न कथावाचकों की पोल खुलने के कारण लोगों का साधु-संतों से भले ही विश्वास उठ जाए, पर सोने के लिए खुदाई करने में आखिर क्या जाता है!

अभी तक तो खुदाई में किले की दीवार ही निकली है। खुदाई करते-करते अंत में महाराज के सोने का पलंग निकल आया, तो क्या कर लेंगे? बाबा कहेंगे, यही तो है। इसी की बात कर रहा था मैं। लो, जितना सोना चाहो सो लो···और मेरी तरह स्वप्न देखो सोने के ।

□

18

चित भी इनकी पट भी इनकी...

जैसे ही टेलीफोन की घंटी बजी हमने कहा, "कौन?" उधर से आवाज आई, "पहचाना! हम बोल रहे हैं हम।" "अरे भई टेलीफोन है, टी.वी. नहीं जो पहचान जाएँगे। नाम तो बताइए।" बस क्या था, उलाहनों का ऐसा पहाड़ टूटा कि क्या बताएँ। हम अपनी पहचान खो गए। इतने पर भी उन्होंने फोन पर ही कोसना शुरू कर दिया, "देखा भूल गए न! हाँ तुम क्यों याद करोगे? बड़े आदमी बन गए हो भैया।" आखिर हम बोल ही पड़े, "आप हैं कौन? कृपया बताइए तो सही, आपने फोन कहाँ मिलाया है?" उधर से जवाब आया, "अरे यार लल्लन, तुमसे ऐसी उम्मीद न थी। अरे हम शर्मा बोल रहे हैं," जैसे ही हमने अपना नाम बताया, एकदम से बम विस्फोट हुआ, "लाहोलविलाकुव्वत,...पहले नहीं बता सकते थे? टेलीफोन का बिल क्या तुम्हारा बाप भरेगा।" खट...और लाइन कट।

पहचाना! या पहचान कौन! शख्सियतवाले लोग हर गली, मुहल्ले, नुक्कड़ पर मिल ही जाते हैं। सबसे जोरदार बात तो तब होती है, जब मान-न-मान, मैं तेरा मेहमान कहावतवाले लोग, जबरदस्ती खुद को पहचनवा ही लेते हैं कि हम ही हैं वह, जो तुम्हारे मरहूम पिता के दोस्त

रहा करते थे। अब चलो अच्छा है···दस-बारह दिन तुम्हारे ही घर में डेरा जमाएँगे। हम भी तैयार हो जाते हैं कि हाँ चाचाजी, आपको तो हमारे ही घर में रहना पड़ेगा, वरना हमारे पिताजी की आत्मा को शांति नहीं मिलेगी। वैसे मैं आपको बता दूँ, ऐसे लोगों को पहचानना मुश्किल भी नहीं, बस जरा सा आँख मिली, मुसकराए, लो जी वे दूर के रिश्तेदार आए। शायद इसीलिए शमीम फरहत साहब कहते हैं—

राह में अकसर मिल जाते हैं/ऐसे भी अनजाने लोग/
बरसों बाद मिले हों जैसे/बरसों के पहचाने लोग।

ऐसे ही एक महाशय मिले चाय की दुकान पर, बातों-बातों में हमें कुछ ज्यादा ही पहचान लिया, बोले, "बेटा, कौन गाँव के रहनेवाले हो? तुम्हारे पिता का क्या नाम है?" उनका स्टाइल में देखना दिल को इतना घायल कर गया कि हमें अपने पिता की याद हो आई। और हम खुद ही बता गए गाँव, पिता और पूरे खानदान का परिचय। सबकुछ सुनकर वे बोले, "जब ही तो हम सोच रहे ई बिटवा कुछ जाना-पहचाना सा लगै है। अरे, हम तुम्हारे पिता के साथ पढ़े हैं बेटा।" बातों-ही-बातों में उन्होंने बताया कि हमारी माँ की सहेली के भाई उनकी माँ के गाँव के हैं। रिश्ते में हमारे मामा लगे और उनकी बेटी मेरी बुआ के बेटे के दोस्त से ब्याही है, लो जी, चारों तरफ से बन गई रिश्तेदारी, चाहे चाचा कहो या मामा। जाते-जाते चाय-नाश्ता कर कब सटक गए, पता भी नहीं चला। हाँ, पता जेब को लगा, जब चायवाले ने बिल हाथ में दिया।

हद तो तब हो जाती है, जब घर में भी इनसे सामना हो जाए। अब कोई बताए कि जाएँ तो जाएँ कहाँ हम?

कल घर में माँ की बचपन की सहेली आई थीं। माँ ने झट मुझे बुलाया और कहा कि जल्दी आ, देख कौन आया है। सबसे पहले तो यह कौन आया है का कौतुहल मुझे सोचने पर मजबूर कर देता है, तुरंत ही दूसरा सवाल···पहचाना! मैंने जरा सी ना-नुकुर की तो माँ ने गुस्से में

देखा और कहा, ''अरे, जब तू पैदा हुआ था, तब आई थी।'' यह भी कोई बात थी। जैसे-तैसे माँ का मन रखने को कह दिया, ''हाँ-हाँ, याद आया मौसी, आपने लाल रंग की साड़ी पहनी थी।'' इस बार मौसी ने लताड़ दिया, ''अरे तू तो इत्तू सा था, आँख तक खुली नहीं थी तेरी। आजकल के बच्चे भी न, बड़ों को कैसे बनाते हैं।'' अब बताओ चित भी इनकी, पट भी इनकी।

वैसे पुराने जमाने में मोहल्ले की क्या उस गाँव की बहन-बेटी भी सबकी बहन-बेटी ही मानी जाती थी। ऐसा लगता था वे लोग पूरा हिंदुस्तान साथ लेकर चलते हैं, हमारी अम्मा भी अकसर बरतन-भाँडेवालों से पुराने कपड़ों के बदले बरतन लिया करती थी। कोई हरियाणा का होता तो भाई बन जाता था। राजस्थान का होता तो कहती तेरे ही देस में ब्याही हूँ, मुझे लगता है मेराज फैजाबादी उनकी इस काबिलीयत को अच्छे से भाँप गए थे, इसीलिए उन्होंने कहा कि—

'मोहब्बत को मेरी पहचान कर दे/मेरे मौला मुझे इनसान कर दे/ मोहब्बत, प्यार, रिश्ते, भाईचारा/हमारे दिल को हिंदुस्तान कर दे।'

□

19

घूरनेवालों ने दी कुरबानी

सुना है घूरे के दिन भी फिरते हैं तो भला घूरनेवालों के दिन क्यों नहीं फिरेंगे? सरकार ने जब से यह नियम लागू किया है कि घूरनेवालों या पीछा करनेवालों पर गैर-जमानती काररवाई की जाएगी, तब से तमाम ब्यूटीपार्लरों का चलना कम हो गया है। हाँ, पुरुष पार्लर पूरे जोर-शोर से चल रहे हैं। पुरुष कभी बाल सेट करवाते हैं, कभी मूँछें सेट करवाकर इतराते हैं कि अब हमें देखो, तुम्हें देखनेवाला कोई नहीं। यह भी कोई बात हुई भला जब देखनेवाला ही कोई नहीं तो हम महिलाओं का तो बहुत ही बुरा हाल हो गया है, अब सारी-की-सारी महिलाएँ हॉलीवुड स्टार मेगन फॉक्स तो हैं नहीं जो घूरे जाने से नफरत करती हों। हमारे देश में तो एक्ट्रेस नई-नई स्टाइल के कपड़े पहनती ही इसलिए हैं कि अधिक-से-अधिक उनके फैन हों और फैन तो भैया तभी बनेंगे, जब किसी अदाकारा को घूर-घूरकर, निहारकर न देख लें।

अधिकतर घरों में अल्ताफ राजा का गाना सुनाई दे रहा है, मैं कपड़े बदलकर जाऊँ कहाँ और बाल बनाऊँ किसके लिए। जैसे कि बाल बनाना, सुंदर कपड़े पहनना ही पड़ोसी के लिए किया जाता है कि आ पड़ोसी घूरो हमें। सही भी है, साड़ी के साथ कुछ भी मैचिंग लगाकर

श्रीमानजी से पूछो, ''मैं कैसी लग रही हूँ, बोलते हैं, अरे हमेशा जैसी लग रही हो या ठीक है यार, तुम अच्छी ही लगती हो।'' जबकि पड़ोसवाले शर्माजी बड़ी पारखी नजर रखते हैं, जब भी देखते हैं, कहे बिना नहीं रहते हैं, ''ओह भाभी, यू आर लुकिंग गोर्जियस···या यह साड़ी तो गजब लग रही है···या आपको पहनने का सलीका आता है, सबके बस की बात नहीं।'' सोचिए ये अमृत-तुल्य वाक्य अब कौन बोलेगा। पर कहते हैं न अपना सिक्का खोटा हो तो दोष दूसरे को क्यों दें। या तो यह श्रीमानजी की करतूत है। जब भी शर्माजी तारीफ करते थे उनसे चिढ़ जाते थे या विदेशी ताकतों का हाथ है जो न तो मुन्नी को बदनाम होते देख पाए, न शीला को जवान।

एक ब्रिटिश संस्था कोडैक लेंस विजन ने 18 से 50 साल के लोगों की राय को आधार बनाकर रिसर्च की तो पता चला कि पुरुष अपनी जिंदगी का पूरा एक साल लड़कियों को घूरने में कुरबान कर देता है। दिन भर में एक-दो नहीं, तकरीबन दस लड़कियों को घूर लेता है। 43 मिनट तक महिलाओं या लड़कियों को आँखें फाड़कर देखने या निहारने में हर दिन लगाता है, जबकि महिलाएँ पूरी जिंदगी के 6 महीने पुरुषों को घूरने या निहारने में लगाती हैं, लेकिन लगाती तो हैं ही। मैं पूछती हूँ सरकार से कि क्या सदियों से चली आ रही यह कुरबानी आज यो ही व्यर्थ चली जाएगी।

अब कोई आँख से भेंगा हो तो बेचारा देखेगा कहीं, दिखाई देगा फलाँ-फलाँ को घूर रहा है, अब बताओ क्या करेगा वह? आँख फोड़ ले क्या?

प्रणव दा कितने अच्छे से समझते हैं इस बात को कि जब तक लड़के-लड़कियाँ एक-दूसरे को ध्यान से देखेंगे नहीं पसंद कैसे करेंगे। और पसंद नहीं करेंगे तो शादी-विवाह जैसी रस्में भी नहीं होंगी। वाह प्रणव दा। कभी-कभी मुझे लगता है सरकार एक तीर से कई शिकार

करती है। शादी नहीं तो जनसंख्या कम और महँगाई भी कम, बेरोजगारी भी नहीं रहेगी। वाह भई वाह।

मेरे खयाल से हमारे देश में कम-से-कम दस प्रतिशत दस साल के बच्चे, तीस प्रतिशत नौजवान और साठ प्रतिशत बुढ़ऊ नौजवान ऐसे हैं, जो घूरा-घूरी में लगे रहते हैं। और उनका नित्यप्रति घूरन प्रक्रिया द्वारा आई टॉनिक लेने का नियम बना हुआ है। अब इस आई टॉनिक पर भी रोक लग गई तो सोचिए देश की आँखों का क्या होगा। और यदि सुरक्षा कर्मचारी भी अपनी आँखों पर पट्टी बाँध लेंगे, यानी कि पर्यटकों को घूरेंगे नहीं तो देश की सुरक्षा कैसे होगी? उनमें से कोई बम फिसल गया तो क्या होगा। यह अत्यंत गहन चिंतन का विषय है। सरकार को देश की सुरक्षा का खयाल तो रखना ही होगा।

देखिए, ब्रिटिश सरकार ने तो साबित कर दिया है कि घूरे बिना काग नहीं चलेगा। हर इनसान में विपरीत सेक्स को घूरने की फितरत होती है। इनसान चाहकर भी घूरने की आदत छोड़ नहीं पाता। अब सरकार से कोई कहे कुत्ते की पूँछ को सीधा करके दिखाए। चाहे जितने साल नली में रखने की सजा दे दो, रहेगी टेढ़ी न! तो भैया, ईश्वर ने आँख दी है, काम है देखना, घूरना, निहारना। जाने कितनी माँओं ने अपने बच्चों का नाम नैनसुख रखा होगा, ताकि बड़ा होकर नैन सुख प्राप्त हो सके। हे ईश्वर, सरकार को कोई तो समझाए, घूरनेवालों से अपनी बुरी नजर हटाए। मुझे तो फिक्र हो रही है, हाय अल्लाह अब कौन देखेगा हमें।

□

20

आ बैल मुझे मार

आ बैल मुझे मार···कहावत चरितार्थ होती नजर आई देखिए कैसे··· शर्माजी जोर-जोर से अपने दोस्तों से कहे जा रहे थे कि भाइयो, अब बीवियों से डरने की जरूरत नहीं है। कल ही के अखबार में खबर छपी थी कि कर्नाटक के जज भक्तवत्सला ने कहा है, "अगर पति पीटता है तो इसमें कोई हर्ज नहीं है," सुनकर दिमाग भन्ना गया। "यह क्या कहे जा रहे हैं" मैंने उन्हें टोका। "देखो, भूलकर भी हाथ मत लगा देना, आप जानते हैं मुझे!" पति को तो चुप करा दिया मगर··· ।

मुझे लगता है जज साहब कह तो यही रहे थे बस जरा सी मात्रा इधर की उधर हो गई है। यह प्रिंटिंग मिस्टेक का मामला लगता है। अब देखिए न जरा सी लापरवाही कहीं की बात कहीं ले जाती है। हो सकता है जज साहब कह रहे हों कि यदि पति पिटता है तो इसमें कोई हर्ज नहीं है।

सोचनेवाली बात यह है कि जहाँ एक ओर महिला सशक्तीकरण का बोलबाला है, जहाँ देश की राष्ट्रपति महिला थी, प्रधानमंत्री का बैक सपोर्ट एक महिला है, तो ऐसे में जज साहब यह गुस्ताखी कैसे कर सकते हैं? जज साहब तो क्या कोई भी भला आदमी यह गलती नहीं

कर सकता। आखिर महिला को हिलाना आसान काम नहीं है।

अब देखिए न, नारी के खिलाफ लिखा गया और तुरंत एक्शन होने लगे। फेसबुक पर भी जज साहब को पद से हटाने की मुहिम शुरू कर दी गई है। बेचारे भक्तवत्सला जाने कैसे दूर की सोच ही नहीं पाए। पति-पत्नी का विवाद चाहे सड़क पर हो, चाहे अदालत में, कभी पड़ना ही नहीं चाहिए। पता चले कि वे दोनों तो थोड़ी देर बाद सुलह कर मजे से ठंडी-ठंडी, कूल-कूल कुल्फी उड़ा रहे हों और तू कौन? मैं ख्वाहमख्वाह।

सचमुच मुझे तो तरस आ रहा है जज साहब पर। अब देखना कई जगह अनशन होंगे। आंदोलन होंगे। हो सकता है जज साहब के पुतले बनाकर भी जलाए जाएँ। नारे- बाजी होगी सो अलग। अन्ना का सपोर्ट भी मिल सकता है।

एक बात और हो सकती है कि कहीं इसमें किसी शरारती तत्त्व का हाथ तो नहीं? हाँ, पाकिस्तान का नया दाँवपेच भी हो सकता है यह। सोचिए जरा महिला आंदोलन देश पर गिरनेवाला एक ऐसा बम साबित हो सकता है, जो देश की हालत हिरोशिमा और नागासाकी जैसी कर सकता है।

खबर न हो तो बता दूँ, देश भर की महिलाएँ इस समय उस महिला को भी कोस रही हैं, जो कोर्ट में गई थी। अरे जरूरत क्या थी उसे कोर्ट में जाने की, पति एक थप्पड़ मारे तो दो लगा दो। दो लगाए तो चार लगा दो। फिर भी मन न भरे बच्चों से, घरवालों से पिटवा दो। तब भी न माने तो देश भर में नारीमुक्ति मंडल बने हुए हैं, कब काम आएँगे। दो-चार हाथ तो हम भी लगा देते जो खबर मिलती। बस मामला रफा-दफा। घर का मामला घर में ही रहना चाहिए। अरे भई, जब कभी बेचारा पति पिट जाता है तो क्या अदालत जाता है कि मुझे मेरी बीवी से बचाओ या मुझे बीवी ने मारा। कोर्ट जाकर क्या मिला। रमिया ने सुना तो बोली, "देखा

बीबीजी, जज भी आखिर मर्द निकला।''

मुझे तो डाउट इस मुई रमिया पर भी हो रहा है। कल जब मैंने उससे कहा कि ''तेरा पति हर रोज दारू पीकर आता है, तुझे पीटता है···तुम उसे छोड़ क्यों नहीं देती'', तो कहने लगी, ''अरे बीबीजी रोज पीकर आना, गाली–गलौज करना, मारना–पीटना यही तो असली मर्दानगी है। मेरा पति जिस रोज पीकर गाली–गलौज नहीं करता और न ही मार–पीट करता, मुझे नींद तक नहीं आती। अरे बीबीजी वह मर्द ही क्या जो बीवी को मारे–पीटे नहीं, गाली–गलौज न करे।'' कर लो बात, यह भी कोई बात हुई। दिल में किया कि कह दूँ जाहिल···गँवार, लेकिन नारी सहनशीलता की दाद देकर रह गई। एक महिला ने समस्त महिलाओं के पिट जाने का बंदोबस्त कर डाला। यह तो वही बात हुई आ बैल मुझे मार।

□

21

श्वेत मूषक और हमारी प्रयोगशाला

मनुष्य जो एक सामाजिक प्राणी है, यानी कि सोशियल एनिमल, जिसे कि सामाजिक जानवर कहें तो भी कुछ गलत नहीं। अंग्रेजी भाषा का अनुवाद हम अपनी मातृभाषा में चाहे जैसे करें, यह हमारी विचारधारा है भई।

तो बात आती है मनुष्य के दुर्लभ प्रयोगों की। एक समय था जब मरे हुए जानवर या आदमी के शरीर की ही चीर-फाड़ करके नए-नए प्रयोग किए जाते थे। और-तो- और स्कूल में भी बेहोश कॉक्रोच, चूहों व मेढकों पर बच्चों द्वारा प्रयोग किए जाते थे। किंतु आज हालत यह है कि आदमी के प्रयोगों का शिकार सभी जानवर हो रहे हैं। जानवरों पर प्रयोग कर-करके ही मनुष्य जान पाया है कि खुद कैसे ज्यादा दिनों तक निरोग रह सकता है व किस रोग में क्या खाएँ? व किस चीज की अधिकता से कौन सा रोग हो जाता है।

अब इसी रिपोर्ट से देखिए कि वैज्ञानिकों ने 76 रीहसस बंदरों पर प्रयोग करके पता लगाया कि कम कैलोरीवाला भोजन करने से मनुष्य ज्यादा दिन तक जीवित रह पाएगा। कम कैलोरीवाला भोजन जब बंदरों को दिया तो वैज्ञानिकों को पता चला कि इससे न कैंसर होगा, न दिल

की बीमारी। बात ठीक भी है कि वानर हमारे वंशज थे तो सिमिलरिटीज तो होंगी ही न। किंतु कुत्ते, बिल्ली, चूहों के वंश में हम कब आए याद नहीं आ रहा। न ही इसकी कोई पौराणिक कथा है, न ही शोधग्रंथ। बाहर के देशों में तकरीबन 1.2 करोड़ जानवरों का प्रयोग हर साल किया जाता है। अब चाहे बर्ड फ्लू हो या स्वाइन फ्लू, जानवरों पर टीके लगा-लगाकर प्रयोग किया जाता है, फिर जाकर पता चलता है कि मनुष्यरूपी जानवर को कौन सा टीका लगाया जाए? वैसे तो मनुष्य सबसे स्वार्थी प्राणी है, जब भी प्रयोग करता है दूसरों पर ही करता है।

हम महिलाएँ भी वैसे किसी शोधकर्ता से कम नहीं हैं। जब देखो हम भी अपनी रसोई नामक प्रयोगशाला में पति पर प्रयोग करती ही रहती हैं। और बेचारे पतिदेव, उन्हें क्या कहिए श्वेत मूषक बने हमारी नित नई रेसिपीज का स्वाद चखते रहते हैं। अब स्वादु हो या बेस्वादु, प्रयोग तो प्रयोग ठहरा न।

चलो माना हमसे बच भी जाएँ, मगर आजकल के डॉक्टर मरीज का बार-बार सिरिंज में ब्लड लेकर टेस्ट करते रहते हैं कि मरीज को ऐसी कौन सी बीमारी बताई जाए, जो लंबी हो और जिसके लक्षण भी दिखाए जा सकें। और जब कोई बीमारी न निकले तो डॉक्टर का बिल देखकर मरीज को हर्ट की बीमारी होने का डर तो लगा ही रहता है।

सुनने में आया है कि भारतीय वैज्ञानिकों ने डी.डी. असिस्ट नामक ऐसा सॉफ्टवेयर बनाया है, जिस पर दवाओं का शोध किया जा सकेगा। जिससे बेचारे जानवर तो बच ही सकेंगे। किंतु फिर भी बेचारे पतिदेव मूषक बनने से बच नहीं पाएँगे। बचेंगे भी कैसे, यह नारी जाति की प्रयोगशाला है, सरकारी नहीं।

□

22

पढ़ाई के आसान नुस्खे

आजकल टी.वी. पर फाइनल को फिनाले कहा जाता है और बच्चे भी स्टाइल में फिनाले, डिकिस्नरी जैसे शब्द इस्तेमाल करते हैं। पूछने पर इसे नए ट्रेंड से विभूषित किया जाता है। हमारे स्कूल के अध्यापक भी जी फोर गिरल पढ़ाया करते थे या कभी वुड को वुल्ड तथा शुड को शुल्ड पढ़ाया करते थे और सभी उनका मजाक उड़ाया करते थे, लेकिन अगर फाइनल फिनाले हो सकता है तो गर्ल गिरल क्यों नहीं। अजूबा पाठ्यक्रम है। पीढ़ी-दर-पीढ़ी ऋतु बेरी के फैशनेबल परिधानों सा रंग बदलता रहता है, शब्दों के साथ भी उलट-फेर!

एक टी.वी. सीरियल में गाँव के लोगों को एस से सूरज की लुगाई, एम से मंगतू की लुगाई पढ़ाया जाता था, लेकिन जब अध्यापक ने ब्लैकबोर्ड पर डब्ल्यू लिख दिया तो सभी विद्यार्थी परेशान कि यह मंगतू की लुगाई उलटी क्यों टँगी है? यह भी पढ़ाई का अपना तरीका है, गाँववाले कम-से-कम ए, बी, सी, डी, तो सीख ही जाएँगे।

गाँव की छोड़िए, अगर शहर की भी बात करें तो यहाँ भी अध्यापक इतने रोमांटिक तरीके से पढ़ाते हैं कि बच्चे नब्बे प्रतिशत अंक तो ले ही आएँगे। अब चाहे कैमिस्ट्री की पढ़ाई भी फिल्मी तरीके से क्यों न हो!

लीजिए, आप भी सीखिए पिरीओडिक टेबल को याद करने के कुछ आसान नुस्खे।

अध्यापक सिखा रहे थे अल्कलाइन अर्थ मैटल की टेबल, यानी की बेटी माँगे कार बाप रोया, अब यहाँ बी. से बेटी माने की बेरीयम, एम.जी. से माँगे माने मैगनीशियम और कैल्शियम को कार में तब्दील कर दिया गया है। है न जी कितना आसान सा तरीका? ऐसे ही एक और नोबल गैसेज की टेबल है हीना, नीना और करीना के एक्स-रे रंगीन। यहाँ हीलीयम, नियॉन और आर्गन गैस हीना, नीना और करीना बन गई हैं, इतने आसान तरीके की कैमिस्ट्री कि हमारी तो नौकरानी की समझ में भी आ गई।

अब तो लगता है ऐसे गुरुओं की जय बोलनी ही पड़ेगी। तो लो जी जय हो गुरुदेव आपने जनता के मन को ताड़ लिया है, और पाठ्यक्रम का बिल्कुल सही नुस्खा ईजाद किया है। जब गुरु को हीना, नीना, करीना के रंगीन एक्स-रे से इनकार नहीं तो बच्चों को भला क्यों हो ऐतराज? वैसे भी आजकल के नौजवान हीना, नीना और करीना की कैमिस्ट्री से इत्तफाक रखते हैं और पढ़ाने की टैक्निक गुरु भी जान चुके हैं।

□

23

इंद्रलोक में बाढ़

कल रात स्वप्नलोक में आदिकालीन पत्रकार नारद मुनिजी से मिलने का सौभाग्य प्राप्त हुआ। मैंने हाथ जोड़ उन्हें नमन किया और पृथ्वी की वर्तमान स्थिति से अवगत करवाया। मैंने कहा, "हे शिरोमणि, आप मेरी व्यथा-कथा से भलीभाँति परिचित हैं। मैं बस इतना जानना चाहती हूँ कि हम पृथ्वीवासियों से ऐसी क्या भूल हुई, जो इंद्रदेव ने लगातार बारिश कर पृथ्वी पर हाहाकार मचवा दिया है। कई सालों से हम यज्ञ करवाते आ रहे हैं कि बारिश सही समय पर आए। किंतु इंद्रदेव अकारण ही इतना पानी बरसा रहे हैं। हे नारद मुनि, आप हम पत्रकारों की हालत जानते हैं, आप से कुछ भी नहीं छिपा। हमें गंदे बाढ़ के पानी में डुबकी लगानी पड़ रही है, गंदगी और बरबादी से इतने डेंगू के मच्छर पैदा हो गए हैं कि मच्छरदानी में अब आदमी नहीं, मच्छर सोने लगे हैं। हे कृपानिधान, मुझ अदना से पत्रकार की विनती है कि आप मेरी मुलाकात इंद्रदेव से करवा मेरी समस्याओं को सोल्व कीजिए, ताकि मैं भी अपने पत्रकार होने का फर्ज निभा सकूँ।"

नारदजी थोड़ा सा मुसकराए और बोले, "हे सुंदरी, अभी इंद्रदेव कुछ व्यस्त हैं। फिर भी मैं तुम्हारी बात करवाने की चेष्टा करता हूँ।"

मैं नारद मुनि के साथ इंद्रलोक पहुँच गई। किंतु यह क्या? सोचा था अप्सराओं का नृत्य चल रहा होगा। इंद्रदेव उनके नृत्य में मगन होंगे, देवताओं पर फूल बरस रहे होंगे। लेकिन यहाँ तो सबकुछ उलटा-पुलटा हो रहा था। इंद्रदेव किसी प्रोजेक्ट के चक्कर में अपने मंत्रियों के साथ मंत्रणा कर रहे थे। शायद वे भी कॉमनवेल्थ गेम्स को लेकर ही परेशान थे। और अप्सराएँ···ओह अप्सराएँ तो बालटी भर-भर पानी धरती पर फेंक रही थीं। सारे देवता उनकी मदद कर रहे थे। स्वर्ग से कुछ नए प्लंबर बुलवाए थे, जो पाइपलाइन ठीक करने में जी-जान से जुटे थे। सारा इंद्रलोक जलाशय बन गया था। मैंने सारी स्थिति का मुआयना किया और शीला दीक्षित की तरह निर्णय लेते हुए कहा, "भगवन्, यदि आपने यह पानी बरसानेवाली लीला जल्दी ही समाप्त नहीं की तो पृथ्वीवासियों का आप पर से विश्वास उठ जाएगा, यानी कि आपके हाथ से यह जल सप्लाई कांट्रेक्ट ले लिया जाएगा।" इंद्रदेव ने खुद को बचाते हुए कहा, "हे नारी यह सब तुम लोगों की वजह से ही हुआ है। धरती पर पानी की बरबादी को देखते हुए मैंने तो पानी न देने की कसम खाई थी। यहाँ तक कि पृथ्वी के कुछ क्षेत्रों में पानी को लेकर डेंजर जोन घोषित करवा दिया था। किंतु हाल ही में धरती से कुछ नए प्लंबर बुलवाए थे। जिन्होंने पाइपलाइन का काम ठेके पर लिया, और गलत मैटेरियल यूज करके इंद्रलोक में भारी नुकसान कर दिया। इसका खामियाजा तो सारी पृथ्वी को ही भुगतना पड़ेगा न!"

इंद्रदेव का निर्णय सुन मैं परेशान हो उन्हें नमन कर चल पड़ी। मेरी परेशानी शायद नारद मुनि से देखी नहीं गई। वे बोले, "हे सुंदरी, एक ही तरीका है इससे निपटने का। तुम पृथ्वीवासी इस स्थिति का फायदा उठाओ। जल्दी-से-जल्दी नदियों, तालाबों से मिट्टी निकलवाओ,

ताकि वे गहरी हो जाएँ। बंद कर दिए गए जलाशयों को फिर से खुलवाओ और पानी का संग्रह करो। फिर देखना धरती भी स्वर्ग से कम नजर नहीं आएगी। सारी अप्सराएँ इंद्र के यहाँ पानी भरना छोड़ धरती पर उतर आएँगी।''

□

24

बम तू कहाँ नहीं…

"बीबीजी, कल से मैं काम पर नहीं आ पाऊँगी", "क्यों? क्या हुआ!" मैंने कामवाली से पूछा। वह बोली, "आप देख नहीं न रही हैं, रोज टी.वी. पर बतला रहे हैं, रोज धमाका होत है, बा पुलिसवा को आप रोज ही देख रहीन, किसी की तलाशी न लेत है, मुआ रोज गुटखा खात रहें, हमरी तलाशी लेना तो दूर हमको देखबे भी न है, कहो तो किसके भरोसे रहे हम दिल्ली मा, हम कौनो जान-माल का खतरा न लेबे, हम गाँव चले जाईबे…"

सचमुच ठीक तो कह रही है यह, किसके भरोसे रहें दिल्ली में? मैंने कहा, "पागल है, क्या तेरा ही घर मिला है बम विस्फोट के लिए, तू क्या कलाम या क्रिकेटर की श्रेणी में आती है? या तेरा घर संसद् भवन में है" वह बोली, "बीबीजी, आतंकवादियों का कोई दीन-ईमान नहीं होत, और फिर क्या बम पर कौन्हू नाम लिखा होता है, और खबर जे है कि इस धमाके में कुछ छोटे बच्चन कै बम लिपटाईके धमाका होत है", मैंने कहा, "अरे घबरा मत, हमारे प्रधानमंत्री और राष्ट्रपतिजी ने आश्वासन दिया है कि वे आतंकवादियों को बड़ी-से-बड़ी सजा दिलाएँगे, जल्द ही आतंकवादी भी पकड़े ही जाएँगे।"

मैंने उसे आश्वासन तो दे दिया, किंतु एक ही चिंता सताती रही, क्या

सचमुच कभी इसका अंत होगा? घबराकर मैंने टी.वी. चालू किया, छब्बीस मिनट में पाँच धमाके, बैंगलूरू और अहमदाबाद के बाद अब दिल्ली दहल उठी, पाँच बम फटे व चार निष्क्रिय कर दिए गए, करोलबाग, कनॉट प्लेस, ग्रेटर कैलास में बम ब्लास्ट से 24 की मौत, 100 घायल, हाई अलर्ट के बावजूद पुलिस की लापरवाही, ओह! खबरें तो घर बैठे ही बम विस्फोट कर रही हैं, आदमी इतना दहशत में आ जाता है कि बचाव की बात सोचने की बजाय भागना ही पसंद करता है, देखकर दिल घबराने लगा। मैंने कामवाली की तरफ देखा। सचमुच वह बुरी तरह से डर गई थी। ऐसी दिल दहला देनेवाली खबरें देखकर कौन नहीं दहशत में आ जाएगा, किंतु क्या यही सिलसिला बार-बार नहीं चलता, क्या ऐसा ही हर बार नहीं होता है। कितनी बार बम फटते हैं। सब काम-धाम छोड़ मंत्रीजी विदेश दौरे पर निकलते हैं, प्रधानमंत्री, गृहमंत्री, और कई राजनेता घटना स्थल का दौरा करते हैं, और मरनेवालों के परिवारों की आर्थिक सहायता करने का आश्वासन देते हैं, तीन दिन तक पुलिस अलर्ट होती है, फिर सबकुछ जैसे का तैसा और फिर इंतजार होता है अगले बम ब्लास्ट का···

सबकुछ फिल्मी फंडा, ऐसा तो फिल्मों में मिलता है देखने को, लगता है फिल्में आजकल रियलिटी शो बन गई हैं, आतंकवादी पहले फिल्म देखते हैं, फिर एक्शन लेते हैं। हाल ही में आई फिल्म 'कान्ट्रेक्ट' में भी ऐसा ही बम विस्फोट दिखाया गया है, जैसा कि अहमदाबाद में किया गया। लो जी, आतंकवादी भी फिल्म देखने लग गए, अगर यूँ ही सिलसिलेवार विस्फोट होते रहे, तो एक दिन सामने खड़े आदमी पर भी शक होने लग जाएगा कि यह मानव बम तो नहीं? घर आए मेहमान के झोले में आर.डी.एक्स. तो नहीं? होटलों में लगे सी.सी. कैमरे क्या बाथरूम की भी शोभा बढ़ाएँगे? लगता है इन शहरों से तो गाँव ही ठीक है, सोचती हूँ···गाँव ही चली जाऊँ।

□

25

कुत्ताजी सबसे महान्

किसी को कुत्ता कह देना, गाली देना कहा जाएगा, लेकिन आज तो बात ही बदल गई है। गली के सारे नौजवान आहें भरते नजर आते हैं, जब भी कोई खूबसूरत लड़की आँखों पर काला चश्मा लगाए, गोद में स्वीटी, जॉली आदि कुत्ते को उठाए गुजरती है। और आहें न भरें तो क्या करें। कुत्ताजी की शान-ओ-शौकत देखकर तो हर आदमी भगवान् से यही प्रार्थना करेगा कि हे भगवान्, अगले जनम मुझे कुत्ता ही बना देना, ताकि इज्जत तो मिले।

कल मिसेज गुप्ता टॉमी को गोद में उठाए चली आईं। मैंने उन्हें जैसे ही सोफे पर बैठने का आग्रह किया, टॉमी झट गोद से कूदकर सोफे पर जा बैठा। मैं उसे सोफे से भगाती, उससे पहले ही मिसेज गुप्ता टॉमी की बगल में बैठते हुए बोली, ''क्या बात है मिसेज शर्मा, आपके पास कोई डॉग नहीं है? क्या आप जानती हैं, डॉग रखना सभ्य परिवार की निशानी है। इस कॉलोनी में सभी बड़े घरों में कोई-न-कोई डॉग जरूर है।'' इसके बाद उन्होंने, एक के बाद एक कुत्तों की नस्लों के नाम गिनाने शुरू कर दिए, जैसे पामेरियन, एल्सेशियन, डाल्मेशियन, लेब्राडोर, सेंट बर्नाड, डाबर मैन, जर्मन शेपर्ड, आयरिश वुल्फ, बुलडॉग,

ग्रेटडेन इत्यादि। बस-बस-बस। मैं तो मिसेज गुप्ता की जनरल नॉलेज देखकर हैरान रह गई, ऐसा लगता था जैसे उन्होंने कुत्तों पर ही पी-एच.डी. कर ली हो। तभी वे उठते हुए बोलीं, "अगर आप डॉग नहीं रखेंगे तो कॉलोनी में आपको कोई पहचानेगा कैसे?"

अब यह भी कोई बात हुई। कुत्ता कोई यू.आई.डी. है, जिसे साथ लेकर घूमा जाए। लेकिन मिसेज गुप्ता तो यही मानती हैं कि कुत्ता समाज में आदमी का स्टेटस बनाता है। ऊँचा मकान, लंबी गाड़ी के साथ कुत्ता अवश्य होना चाहिए, तभी कॉलोनी में आपकी पहचान बन पाएगी। कुत्ता ही यह भी बताएगा कि आप कितने सभ्य परिवार से ताल्लुक रखते हैं। पहले माँ भी कहा करती थी—कुत्ता तक अपनी जगह साफ करके बैठता है तुम तो इनसान हो। यह बात सच है, कुत्ता चाहे जिस नस्ल का हो, आदमी की अपेक्षा लघुशंका के लिए नई मोटर या साफ-सुथरी जगह ही ढूँढ़ता है। शायद इसीलिए उसे सभ्य समाज की पहचान कहते होंगे।

हमारी तो यह हालत हो गई कि जब भी कॉलोनी के लोगों को बुलाएँ, कुत्ताजी भी साथ आएँगे। हमारे सोफे, हमारे मखमली बिस्तर की शान बढ़ाएँगे और ये कॉलोनी के हाई स्टैंडर्ड कुत्ते आपके लाख मना करने पर सोफे पर बैठ ही जाते हैं, यूँ कहें कि ये एज्युकेटेड कुत्ते अपना स्थान खुद बनाते हैं। बॉस को खाने पर बुलाएँ और साथ उसका कुत्ता आ जाए तो क्या मजाल हम उसे भगा पाएँगे। अब तो यह निर्णय भी कुत्ता ही लेगा कि वह सोफे पर बैठेगा या हमारे मखमली बिस्तर पर। कभी-कभी तो यह हाल है कि सुबह-शाम बॉस के कुत्ते को गार्डन में घूमाकर भी लाना पड़ जाता है।

पुरानी कई फिल्मों में कुत्तों को कलाकारी करते देखा है, लेकिन आजकल कुत्ते रैंप पर चलना भी सीख गए हैं। नई-नई फैशनेबल ड्रेसेज कुत्तों के लिए बनने लगी हैं। रोटी छोड़ कुत्ते अब पेडिग्री खाने

लगे हैं। कुछ फिल्मी किरदारों ने कुत्तों को बेटा समझकर पाल रखा है। यहाँ तक कि कई हिरोज के नाम पर ही कुत्तों के नाम रख दिए हैं, सलमान, शाहरुख, कैटरिना, जैकी जाने कितने हीरोज-हीरोइन के नाम कुत्तों के रख दिए गए हैं।

कुत्ते के श्रेष्ठ होने में कोई संदेह नहीं, क्योंकि जब भी कॉलोनी में कोई खूबसूरत लड़की आँखों पर काला चश्मा लगाए, गोद में स्वीटी, जॉली आदि कुत्ते को उठाए गुजरती है, कॉलोनी के नौजवान कुत्ते को ईर्ष्या से देखते हुए आहें भरते हुए कहते हैं, "हे भगवान्, अगले जनम हमें कुत्ता ही बना देना।"

□

26

चस्का किटी पार्टी

चस्का कोई भी हो जब लग जाए तो समझो, आधा दिमाग तो गया। कुछ ऐसा ही हाल हुआ हमारे साथ भी। हुआ यूँ कि संपादक महोदय ने बुलाया और कहा, "आजकल किटी पार्टी का चस्का महिलाओं में तेजी से बढ़ रहा है, आप ऐसा कीजिए कि इस विषय पर एक रिपोर्ट तैयार कीजिए और कल के अखबार में हेडिंग रहेगी 'चस्का किटी पार्टी का'।"

अब भला यह भी कोई चस्केवाली बात है। दिल में तो आया कि कह दूँ, सर आजकल तो सबको मोबाइल का चस्का है, जिधर देखिए मोबाइल-ही-मोबाइल, वह चाहे कंपनी का मालिक हो या कबाड़ीवाला। एक-से-एक महँगा फोन खरीदकर हाथ में पकड़ना शान बन गई है और एक नहीं, कई-कई फोन होते हैं सबके हाथों में। और ज्यादा ही है तो लड़कियों तथा महिलाओं में फैशन के प्रति उठती जागरूकता पर लिख डालूँ या आप कहें तो लिखा जाए कि सबको विश्वसुंदरी दिखने का चस्का है। सुंदर दिखने के चक्कर में समय और जेब दोनों ही खाली होती जा रही हैं। खैर, अब उन्हें क्या समझाती संपादक ठहरे।

देखती ही रहती हूँ कि सासू माँ को टी.वी. सीरियल का चस्का है, ससुरजी को अखबार का, बच्चों को गेम का और श्रीमान् को चाय का चस्का है। यहाँ तक कि कामवाली बाई को भी दूसरों की बातें सुनने का ऐसा चस्का है कि पूछिए मत, जब तक आयात-निर्यात न हो जाए बातों का उसे उल्टियाँ आने लगती हैं। पेट में अफारा और खट्टी डकारें आने लगती हैं। इसीलिए तो कहती हूँ चस्का आधा दिमाग तो खाली कर ही देता है।

बहरहाल विषय पर केंद्रित होती हूँ। सबसे पहले मुझे किटी पार्टी का पता लगाना है। तभी चस्केबाजों का पता लग पाएगा। मुझे टेंशन में देख घर के सभी सदस्य किटी पार्टी की खोज-खबर में लग गए। सबसे पहले अम्माजी का व्याख्यान सुनने को मिला, उनका मानना है कि आम आदमी पार्टी की तरह कोई पार्टी होगी। चुनाव के दिन हैं, कुछ-न-कुछ तो होगा ही न। हमारे ससुरजी हर बात पर ऐनक के नीचे से झाँकते हैं और बात खत्म हुई नहीं कि ऐनक के नीचे ही दुबक जाते हैं। बच्चों से भी मम्मी की परेशानी देखी नहीं गई, झट-पट अटकलें लगाने लगे—

···टिंकू बोला, "मम्मा, किटी तो बिल्ली को कहते हैं," चुन्नू ने भी हाँ-में-हाँ मिलाई, "हाँ मम्मा, मैंने देखा था, एक बार बहुत सारी बिल्लियाँ मिलकर चूहा खा रही थीं।" ये लो बच्चों ने तो अच्छा अर्थ निकाल दिया था। हाँ, मासूम बच्चे इतना तो समझ ही गए थे कि किटी पार्टी कुछ लोगों के इकट्ठे होकर कुछ खाने-पीने को बोलते होंगे। अभी बात खत्म भी नहीं हुई थी कि कामवाली बाई चहककर आई। "बाबा-रे-बाबा, आप केटी पार्टी करेगा क्या मेमसाहब? केटी में न बहुत मजा आता है मेमसाब, सब बड़ा-बड़ा लोग मिलकर खूब ऐश उड़ाता है। मैंने देखा था, उ गुप्ता मेमसाहब के यहाँ।" कमला बाई की

बात पूरी हुई ही नहीं थी कि श्रीमानजी टपक पड़े। ''अरे क्या सुन रहा हूँ मैं? तुम किटी पार्टी की ही बात कर रही हो न! क्या सचमुच तुम किटी ज्वाइन करोगी।'' उँह बस इन्हीं की कसर थी। जब से ऑफिस में मिसेज बत्रा आई हैं, ये तो चाहते हैं मैं भी उन सरीखी बन जाऊँ और साधारण लिबास छोड़ कुछ स्टाइलिश नजर आऊँ।

''चलिए चलते हैं।'' मैंने कहा और वे बिना कुछ पूछे ऐसे चल दिए जैसे समझ ही गए कि श्रीमतीजी कहाँ चलने को बोल रही हैं। ऐसा होता है चस्का कि आदमी बिना सवाल-जवाब के अपनी ही रौ में चलता चला जाता है। हमें देखते ही मिसेज बत्रा उछल पड़ीं, ''अरे मिसेज शर्मा आप।'' मैंने मुसकराने की बहुत कोशिश की, लेकिन वह कोशिश भी हवा हो गई, जब उन्होंने स्टाइल से शर्माजी की पीठ पर धम से हाथ मारा और कहा, ''नॉटी आखिर आज तुम पकड़ में आ ही गया।'' मैं समझ नहीं पाई कि यह कैसी पकड़ थी खैर, सोचने को बहुत कुछ बाकी था।

मैंने शुरुआत की, ''मुझे किटी पार्टी के विषय में जानना है।'' ''जानना नहीं है मिसेज बत्रा, आप मेरी मिसेज को अपने साथ शामिल ही कर लो।'' मैंने बहुत नानुकुर की कि जरूरत क्या है, मुझे जो लिखना है, इन्हीं से पूछकर लिख डालूँगी। लेकिन श्रीमान लगे भाषण देने। एक सच्चा पत्रकार आँखों देखी लिखता है। सुनी-सुनाई नहीं। मुझे भी लगा कि जब तक मैं सभी लोगों के साथ शामिल होकर नहीं देखूँगी, अच्छे से लिख नहीं पाऊँगी।

खैर, किटी पार्टी ज्वाइन हो गई। महीने की पंद्रह तारीख को मिसेज बत्रा के घर में होगी किटी पार्टी, फिर शर्मा के और उसके बाद मेरे यहाँ। तब तक मुझे सबकुछ समझ लेना है।

आखिर किटी पार्टी में जाने का दिन आ भी गया। सुबह से ही

शर्माजी लगे हुए थे, कभी चाय बनाएँ, कभी पूछें तुम कब तैयार हो जाओगी। अरे भई, किटी पार्टी में ही तो जाना है, किसी की बारात में नहीं। अच्छा देखो, तुम्हें बहुत अच्छा लगेगा वहाँ जाकर। मेरे लिए अपने पसंद की साड़ी अलमीरा से निकालने के बाद ही उनको तसल्ली हुई। खैर, घर के काम निबटा मैं झटपट तैयार हुई और मिसेज बत्रा के यहाँ पहुँची। एक से बढ़कर एक खूबसूरत महिलाएँ थीं वहाँ।

ऐसा नहीं था कि पैसेवाले घरों से थीं, मिडिल क्लास की औरतें भी इस तरह तैयार हुई थीं कि यह समझना मुश्किल था कि किस वर्ग विशेष से हैं। मिसेज बत्रा भी स्लीव लेस टॉप और शॉर्ट्स में बहुत स्मार्ट लग रही थीं। सभी की एक-से-एक बढ़कर ड्रेस थी। देखकर लग रहा था जैसे फैशन शो में आई हैं। पार्टी में परफ्यूम की भरमार थी। लगता था मैं किसी इत्र की दुकान पर आ गई हूँ। खैर, मैं सिमटी-सिमटाई एक कोने में दुबक गई। मिसेज बत्रा ने आवाज उठाई, "सखियो, हम लोग सारा-सारा दिन मशीन की तरह काम करते हैं। क्या थोड़ा समय भी खुद के लिए नहीं निकाल सकते? हमारे पति और बच्चे यहाँ तक कि सास और ननद भी आराम और छुट्टी का दिन मना लेती हैं तो क्यों नहीं हम भी एक दिन खुद के लिए जिएँ? सुबह आँख खुलने से लेकर नींद से पलकें बोझिल होने तक सिर्फ और सिर्फ काम ही काम···। कब मिलेगा आराम?"

बात में दम था। मुझे लगा सचमुच घर में सभी को अवकाश मिलता है, आराम मिलता है। मेरे आराम का दिन तो कोई भी नहीं होता। छुट्टी के दिन पतिदेव चाय की फरमाइश करते दिखेंगे तो बच्चे कहेंगे कि मम्मी आज कुछ अच्छा सा बना दो। जैसे कि रोज खराब सा खाया जा रहा था। और कुछ नहीं तो संडे देखते ही ननदें टपक आती हैं। क्या बताएँ भाभी आराम तो मिलता ही नहीं, सोचा एक दिन तो मायके में

जाकर आराम कर लें। यह भी कोई बात हुई, सबको अपने आराम की पड़ी है। अच्छा सोचा श्रीमानजी ने पत्नी हूँ न, उन्हें ही फिक्र होगी कि मेरी पत्नी भी थोड़ा इंजॉय कर ले।

कुछ देर में खाने-पीने का दौर शुरू हुआ। खाने में मूँग की दाल का हलवा, मूँग की दाल की बर्फी, मूँग की दाल का चिल्ला और मूँग दाल के पापड़, मूँग के आटे की रोटी। सबकुछ मूँगमय होना रोचक लग रहा था। मुझसे रहा नहीं गया, आखिर पूछ ही लिया, "मिसेज बत्रा, क्या आपके यहाँ मूँग के खेत लगे हुए हैं? या आपकी राशन की दुकान है, जो इतने महँगे भाव की मूँग को पूरे मीनू में ठूँस दिया?" उन्होंने कहा कि "ऐसा करके वे बाकी सबकी छाती पर मूँग दलती हैं।"

धीरे-धीरे चुगलियों का दौर शुरू हुआ, सबसे पहले सास-ननद की बातें शुरू हुईं...होते-होते मोहल्ले की औरतें, जो किटी पार्टी में नहीं आतीं, उनकी बातें हुईं। पुरुषों के घूरने की बातें भी शामिल थीं चुगलियों में। बात यहाँ तक बढ़ गई कि वे एक-दूसरे के पतियों को भी घूरा-घूरी के मैदान में घसीट लाईं। कुछ महिलाएँ किटी में आई महिलाओं पर छींटाकशी करने से भी बाज नहीं आईं। मेरा तो पहला ही दिन था सो सबकी हमदर्दी थी कि मुझे सीखने में समय लगेगा। एक ने कहा कि शायद गाँव की है। अच्छा, ओह। बेचारी, जाने कितने ही शब्द ऐसे मिल रहे थे जैसे पुरस्कार बँट रहे हों। पहले दिन कुछ चस्के सा मुझमें नहीं जागा। हाँ, एक बात तो अच्छी थी किटी पार्टी में कि सब मिल-जुलकर सास-ननद, घर-परिवार सब पर भड़ास निकाल लेती हैं और फ्री माइंड होकर घर जा पाती हैं।

घर आकर शर्माजी को सबकुछ बताया। बहुत सोच-विचार किया गया कि उन लोगों के साथ रहना है तो खुद को बदलना तो पड़ेगा ही।

सो मिसेज बत्रा के साथ पार्लर गई और बाल कटवा आई। घर में सब हँस रहे थे। बच्चे तो ताली बजाने से भी नहीं चूके, "हाहाहा मम्मी देखो क्या बन गई।" जल्दी-जल्दी जींस, टी-शर्ट पहना। महँगा परफ्यूम लगाया। इस बार हँसने की बारी कमलाबाई की थी। "अरे! वाह मेमसाब, आप तो बिल्कुल हीरोइन की माफिक लग रहा है।" सादा सलवार-सूट कोने में पड़ा रो रहा था, लेकिन कमलाबाई की गोद में गिरकर शांत हो गया। कम-से-कम शर्माजी को घूरा-घूरी कांड से तो निकाल ही पाऊँगी। अभी पर्स उठा निकलने ही वाली थी कि टिंकू की आवाज आई, "मम्मी कुछ अच्छा सा।" और शर्माजी ने उसे अपने पास खींच लिया।

मिसेज गुप्ता के यहाँ जैसे ही धमाकेदार एंट्री की, सबके दिमाग के फ्यूज उड़ गए। देखकर हाय-हल्लो करने लगी। इतनी प्रशंसा तो कभी सुनी ही नहीं थी, पागलों की तरह घर का, बाहर का काम करती रही, कभी किसी ने ध्यान ही नहीं दिया मेरी सुंदरता पर। खैर, दिल गर्व से फूला नहीं समा रहा था। बार-बार टेलीफोन की घंटी बज रही थी आज सबको उसकी याद आ रही थी। कितना बदल गया है सब दो ही दिन में। रिश्तेदारों के चेहरे भी मुसकराहट, हँसी और अपनेपन के मेक अप में नजर आने लगे। शायद इसीलिए मशहूर शायर निदा फाजली साहब ने कहा होगा कि···हर आदमी में बसते हैं/दस बीस आदमी/जब भी किसी को देखना/कई बार देखना···

खैर, किटी पार्टी का ऐसा चस्का लगा कि घर में खाना भी होटलों से आने लगा। आधा दिन पार्लर में तो सखी-सहेलियों के साथ बीतने लगा। घर आते-आते इतनी थकान हो जाती कि एक गिलास पानी भी उठाना मुश्किल हो गया। सास-ससुर को इंतजार है कि कब बहू घर लौटकर आए तो उसे बताएँ कि आजकल उनकी बेटियों ने घर आना

बंद कर दिया है। क्योंकि यहाँ आकर भी काम ही करना पड़ रहा है। बच्चे भी कुछ अच्छा सा बनने के इंतजार में हैं।

शर्माजी की जेब पर तो ऐसा डाका पड़ा कि किटी पार्टी का नाम तक भूल गए। अब वे गुमसुम से नजर आते हैं। आखिर एक दिन जेब कराह उठी, सब्र का इम्तिहान पूरा हुआ, ''कब पूरी होगी तुम्हारी स्क्रिप्ट, हद हो गई है।''

□

27

छप्पर फाड़ बच्चे

माफ कीजिएगा, मैं यहाँ ऐसा कुछ लिखने नहीं जा रही कि बच्चों ने छप्पर फाड़ा होगा। यहाँ बात ऊपरवाले की है कि ऊपरवाला जब भी देता है, लेकिन ऐसा वह करता क्यों है? जिसे चाहिए एक, उसे दस दे देता है। कुछ दिनों पहले अमरीका की नाद्या सुलेमान ने एक साथ आठ बच्चे पैदा किए और इसके बाद एक ट्यूनिशियाई महिला ने भगवान् से दो जुड़वाँ बच्चों की डिमांड की और भगवान् ने बारह बच्चे एक साथ उसकी झोली में टपका दिए।

मुझे लगता है भगवान् को फैमिली प्लानिंग के बारे में नॉलेज नहीं है। या इसमें सरकार और भगवान् दोनों की कोई साँठ-गाँठ भी हो सकती है। वरना हम भारतवासी तो आस लगाए बैठे रहते हैं कि कब छप्पर रूपी सीमेंट की छत फटेगी और कब मोती बरसेंगे। वैसे भी हम हर बात का जिम्मेदार भगवान् या सरकार को ही ठहराते हैं। एक जमाना वह भी था जब कोई पूछता था कितने बच्चे हैं, तो बच्चे कहते थे छह भाई हैं जी छह बहन हैं। अरे, इतने बच्चे, तो झट से घर का मुखिया कहता, सब भगवान् की देन हैं जी।

लेकिन सरकार और भगवान् ने मिलकर भारत का नक्शा ही बदल दिया। कभी पाँच बच्चों की या तीन बच्चों की फैमिली-प्लानिंग ही हुई

थी। लेकिन बाद में सरकार ने एक या दो बच्चे के बाद ही रोक लगा दी। किंतु भगवान् ने दूसरे देशों में यह प्लानिंग लागू नहीं की, तभी तो वे लगे हैं वर्ल्ड रिकॉर्ड तोड़ने में। सबसे मजेदार बात तो तब पैदा हुई, जब दो जुड़वाँ बच्चों की जगह छह जुड़वाँ, यानी कि बारह बच्चे पैदा होने पर ऑक्सफोर्ड यूनिवर्सिटी की प्रजनन विशेषज्ञ सिमन ने डॉक्टरों को दोषी बताया। अब भला उन बच्चों के पैदा होने में डॉक्टर का क्या कुसूर? जब ऊपरवाला देता है तो डॉक्टरों की इजाजत थोड़े ही लेता है।

अब जितने बच्चे उतने नाम। आप चाहें तो महीनों के नाम, सप्ताह के नाम या फिर ज्यादा ही दिक्कत खड़ी करे तो एक ही नाम रखके ग्रेडिंग कर दो। अगर बच्चों के रंग में भी भेद हो। जैसे जैनी (बिल्ली) ने दस बच्चे दिए थे, दो काले थे बाकी की बस पूँछ ही काली थी। तो हो सकता है नाम रखना और भी आसान हो जाए। ट्वींस में सबसे ज्यादा दिक्कत पहचानने की ही होती है।

आजकल जो यह टैटू का जमाना है तो चाहें तो माता-पिता अपने बच्चे पर रुचि के अनुसार टैटू बना दें, ताकि पहचानकर पुकारा जा सके। वैसे भी सुनने में आया है कि लॉस एंजिलिस क्लीनिक ने एक प्रयोग के द्वारा भ्रूण में मोडिफिकेशन करके डिजाइनर बच्चे पैदा करने का दावा किया है। हो सकता है कि बच्चों के पेट पर जिप लग जाए या बटन लग जाए। हाथ-पैर में फोल्डिंग सिस्टम हो तो सड़क पार करवाने में भी सुविधा रहेगी। एक ही पलंग पर सबको ऐडजेस्ट किया जा सकेगा। बस, डर इस बात का लगता है कि कहीं माता-पिता सूट की तरह बच्चे भी पुराने फैशन के समझ बाजार में एक्सचेंज ऑफर में बदलने की न सोचें या फिर माँ बच्चों की शक्ल शाहरुख खान या सलमान जैसी बनवा लें और बाप सच का सामना में बैठा शाहरुख या सलमान पर इल्जाम लगाए। देख लेना भैया जब बुरे दिन आएँ भगवान् भी कट्टी न कर जाएँ।

□

28

शीतकाल में स्नान के उपाय

सर्दी के मौसम में रजाई से निकलकर स्नान करने के लिए जाना एक विकट समस्या है। पति खुद को सबसे बदनसीब तब समझने लगता है, जब पत्नी बार-बार न नहाने का उलाहना देकर किसी परपुरुष की प्रशंसा करती है। उस समय पति के लिए नहाने के लिए जाना किसी युद्ध-स्थल पर जाने से कम नहीं लगता।...पत्नी कमांडर बन बाथरूम की तरफ धकेल देती है।

पड़ोस से मिश्राजी के गाने का स्वर आ रहा था **'ठंडे-ठंडे पानी से नहाना चाहिए...गाना आए या न आए गाना चाहिए'** और मिसेज शर्मा सुन-सुनकर शर्माजी को नहाने के लिए उकसा रही थीं। कब तक आलसी की तरह पड़े रहोगे? मिश्राजी से सीखो रोज ठंडे पानी से नहाते हैं, और एक तुम हो जो गरम पानी से नहाते हुए भी रो रहे हो। अब श्रीमतीजी को कौन समझाए कि मिश्राजी ठंडे से नहा रहे हैं या गरम से, या सिर्फ राग अलाप रहे हैं।

बहरहाल बेचारे शर्माजी को उठना ही पड़ा। मिसेज शर्मा के आगे तो बड़ों-बड़ों की हवा निकल जाती है, चाहे वह दूधवाला हो या कबाड़ी। सब मिसेज शर्मा की भारी-भरकम आवाज से जी-जी करते

रह जाते हैं तो शर्माजी सर्दी के मारे सी-सी करते नजर आते हैं। शर्माजी रजाई छोड़कर नहाने के लिए इस तरह चले जैसे अपनी प्रियतमा को छोड़कर जाना पड़ रहा हो। एक दिन की बात तो नहीं थी, रोज-रोज का नहाना सचमुच कँपकँपी सी चढ़ जाती है। शर्माजी पत्नी को दलील दे-देकर थक गए कि सर्दी में नहाना बेवकूफों का काम है। एक तो पसीना आता नहीं, दूसरे पानी की बरबादी। खैर, यह गूढ़ रहस्य की बातें हैं, पत्नी की मोटी बुद्धि में घुसनेवाली नहीं। मिश्राजी की ऊँची आवाज कानों में पिघले सीसे सी लग रही थी। और जब मिसेज शर्मा भी साथ-साथ गुनगुनाने लगीं तो शर्माजी को लुटिया डूबती नजर आने लगी। अचानक मौजीराम का आना डूबते को तिनके का सहारा लगा। माथे पर चंदन का टीका लगाए जब मौजीराम को देखा तो श्रीमतीजी ने एक बार फिर न नहाने का उलाहना दिया। अब शर्माजी की स्थिति दयनीय हो गई थी। मौजीराम ने भी जलती आग में घी डालते हुए कहा, "अरे भाभीजी, सर्दी में स्नान करना अति उत्तम है, और वह भी ठंडे पानी से, तो समझो सौ रोगों की एक दवा।" बेचारे शर्माजी गुस्से में दाँत किटकिटा रहे थे। अब तो सहन करना मुश्किल हो गया। मौजीराम रोज स्नान करनेवाला तो है नहीं, कोई-न-कोई घोटाला अवश्य है। मौजीराम के माथे का चंदन और शरीर से उठती चमेली के तेल की गंध दिनोदिन बढ़ती जा रही थी। खैर, शर्माजी को विपत्ति में घिरा देखकर मौजीराम ने दोस्त होने का फर्ज निभाया और चुपके से शर्माजी को शीत-स्नान का नुस्खा बताया। हफ्ते में बस एक दिन नहाएँ, जब रविवारीय छुट्टी बिताएँ। बाकी दिनों बस ठंडे पानी के नल को पूरे वेग से चलाएँ और ठिठुरते-ठिठुरते गाना गुनगुनाएँ, ताकि पत्नी को लगे आप सचमुच ठंडे पानी से ही नहा रहे हैं और आप जरा सा तौलिया भिगोकर सिर व हाथ- पैर पोंछ लें। कहा भी जाता है कि *धोए कान हुआ स्नान,* अर्थात् शीतकाल में इसे संपूर्ण स्नान ही माना जाएगा। और हाँ चेहरे पर क्रीम,

सिर में खुशबूवाला तेल लगाना न भूलें। जैसे–जैसे तीसरा, चौथा, पाँचवाँ, छठा दिन बीते तेल, परफ्यूम आदि की मात्रा बढ़ा दें। और हाँ, कुछ कपड़े एवं साबुन गीला करना न भूलें। यार, सर्दी में नहाने का मजा ही और है, अब शर्माजी फरमाते हैं, लेकिन मिसेज शर्मा यह सोचकर हैरान हैं कि शर्माजी चमेली का तेल क्यों लगाते हैं?

□

29

सबसे सुखी गरीब

महँगाई जब आती है, अमीरों के सिर चढ़ जाती है, मिडिल क्लास फैमिली को मुँह चिढ़ाती है, परंतु गरीबी के पेड़ की एक डाल भी हिला नहीं पाती···वे कल भी तरसते थे रोटी को और रोटी आज भी गरीब को भाव दिखाती है···गरीब यह कहकर निजात पाता है, "बड़े लोगों की बड़ी-बड़ी बातें, हम तो इसमें ही सुखी हैं"···लेकिन पिसती रहती है मिडिल क्लास फैमिली, गरीब कहे जाने को तैयार नहीं इज्जत खराब होगी, और अमीरी के चक्कर में न जाने कितनी बार जलील होना पड़ता है, भाव-ताव, जोड़-तोड़ कर-कराके बमुश्किल घर का खर्च अमीर की तरह चला पाते हैं। सारी भड़ास निकलती है महँगाई पर, दोनों की लड़ाई बराबर होती है···

अमीरों को महँगाई बड़ी खूबसूरत लगती है, कटी-फटी ड्रेस हजारों रुपए की खरीदते हैं, जबकि गरीब कटी-फटी ड्रेस में अपनी गरीबी छुपाने की कोशिश करता है, तथा उसी ड्रेस को मिडिल फैमिली के पहनते ही अश्लील कहा जाता है···और फिर लगता है पटरी छाप कपड़ों पर बड़ी कंपनियों का नकली लेबल···जिसे खरीदकर मिडिल फैमिली अपने-आपको अमीर महसूस कर पाती है···अपनी झूठी शान-शौकत

के चलते ये चेहरे अमीरों की भीड़ में आसानी से पकड़ भी लिये जाते हैं…हद से ज्यादा टपकती हँसी अथवा सहमापन यह बता देता है कि अभी-अभी महँगाई ने इन्हें किस कदर निचोड़ा है।

महँगाई के चलते अपनी शादी को यादगार बनाने के लिए अमीर तरह-तरह की अजीबोगरीब हरकतें भी करते रहते हैं, कभी आसमान में शादी, तो कभी पानी के अंदर, और अब तो सुनने में आता है दूलहा हेलिकॉप्टर से उतरता है और दुलहन गुब्बारे से, चाहे लाइसेंस हो या न हो,…इन शादियों में कई लाख रुपए सिर्फ कूदने-फाँदने में ही खर्च हो जाते हैं…हाल ही में एक दूलहे मियाँ 7000 फीट की ऊँचाई से कूदकर मंडप में पधारे, जैसे कि कह रहे हों अगर बच गया तो इस शादी के मौके को हमेशा याद रखूँगा, और अगर न बच पाया तो तुम सब याद रखोगे मेरी कुरबानी…जैसे कि देश के लिए शहीद हुआ जा रहा हो…मिडिल क्लास फैमिली की शादी, जो महँगाई के साथ होती है, अपने बूते से बाहर दहेज देने पर भी दुलहन के पिता की पगड़ी सरेआम उड़ा दी जाती है, दहेज की बलिवेदी पर बैठी दुलहन या तो जला दी जाती है या छोड़ दी जाती है।

सबसे सुखी है गरीब आदमी, कभी घोड़ी नहीं, कभी बैंड-बाजा नहीं, तो कभी बाराती नहीं, दुनिया को शादी का पता भी नहीं चलता और शादी हो जाती है…

एक दिन महँगाई मुझसे टकराई, मैंने पूछा उससे, ‘‘ईश्वर ने जब इनसान को बनाने में भेदभाव नहीं किया, तू क्यों भाई-भाई के बीच दूरी बनाती है, तेरा आना ही समाज में दंगे फैलाता है, गरीब और गरीब, अमीर और अमीर होता जाता है,…वह बोली, ‘‘सबको अपना नाम चाहिए, कुरसी चाहिए, अगर सब-के-सब टाटा, बिड़ला और मुकेश अंबानी बन जाएँगे तो मुझको कहाँ पाएँगे…मत भूलिए मेरे आने से ही

देश में इनकलाब आता है। मैं अगर चली गई, तो देश में बाकी क्या बच जाएगा···भूख से कोई मरेगा नहीं, बीमारी से कोई डरेगा नहीं···बरसों से गरीब इतना भूखा है कि सबकुछ खाकर भी उसका पेट भर नहीं पाएगा···और देश में अकाल पड़ जाएगा···"

□

30

जाको राखे नकली, मार सके न कोय

कल पड़ोस में बहुत जोरों से झगड़ा हो रहा था, पति बोला, "चल-चल रहने दे, तेरा प्यार असली है ही नहीं।" पत्नी बोली, "जाने दो, तुम्हारा प्यार भी देख रखा है, ईश्वर जानता है, किसका असली है, किसका नकली। समझे?" बात यहाँ तक बढ़ गई कि दोनों मैदान में आ गए। मैंने पूछा, "तुम्हें कैसे पता कि तुम दोनों का प्यार नकली है असली नहीं? दोनों एक साथ बोले, "जब शादी हुई थी बहुत प्यार था, आज सारा दिन लड़ाई होती है।" मैंने कहा, "यही तो असली की पहचान है, भई अगर अभी भी प्यार होता रहता तो हम ही क्या दुनिया भी नकली ही समझती।"

अब देखिए इतने नकली नोट बाजार में आ गए हैं कि इन नकलचियों के चक्कर में असली नोट भी बेचारा आँसू बहाता होगा कि असली होकर भी मैं कितना बेइज्जत होता हूँ, सब लोग मुझे कैसी-कैसी नजर से देखते हैं। कभी उलटा, कभी सीधा, तो कभी बिना किसी गुनाह के मशीन से गुजरना पड़ता है, कल तक तो बस हजार-पाँच सौ के नोट ही नकली थे, आज यह हालत है कि सिक्के भी नकली आ गए।

बात आई तो नकली घी ने भी चिल्लाना शुरू कर दिया कि मैं

क्या किसी को रोकता हूँ, लोग पसंद करते हैं तभी तो आता हूँ मार्केट में···तो भैया दाल कहाँ चुप रहती। वह भी बोल पड़ी कि क्या फर्क पड़ता है, मुझे देखो, बड़े-बड़े होटल में मिलावटी होकर भी चल जाती हूँ। मेरी बहन चटरी बहुत ज्यादा घुमक्कड़ है बिन बोए कहीं भी उग जाती है, थोड़ी जहरीली जरूर है मगर लोग आराम से पकाते हैं और खाते हैं। हाल यह है कि फलों को सुई लगाकर बढ़ाया जा रहा है और आदमी यूरिया खा रहा है। असली-नकली की लड़ाई में पिसता आदमी अपनी असली शक्ति भी गँवाता जा रहा है, जो कल तक रोब से मूँछों पर ताव देकर असली मर्द होने का दावा करता था, आज यह नौबत आ गई कि नकली किन्नर बनकर सड़कों पर ताली बजाता फिर रहा है। अब जैक्सन की तरह चेहरे पर प्लास्टिक के इतने चेहरे चढ़ गए हैं कि असली सूरत खो गई है। अगर प्यारे चलते-चलते सफर में पुल टूटकर गिर जाए तो समझना सीमेंट भी नकली लग गया, सिर फूटने से बच जाए, टाँग या हाथ टूट जाए तो खैर मनाना कि नकली लग ही जाएगा और अगर सिर ही फूट जाए तो अपने आपको सँभाल लेना यह सोचकर कि ईश्वर के यहाँ से भी मिलावट होकर आ ही गई। आज मच्छर मारनेवाले फिनट से मच्छर बाहर निकल रहे हैं और नकली दवाएँ खा-खाकर लोग बेमौत मर रहे हैं, तो दोस्तो नकली झोला छाप डॉक्टर की नकली दवाएँ खाएँ और इस जीवन के बंधन से मुक्त हो जाएँ, यही है मुक्ति का एकमात्र उपाय।

सबसे मजेदार बात तो तब हो जाती है, जब कोई असली प्रेमिका, नकली प्रेमी के चक्कर में जहर खाती है और नकली जहर उसे मरने भी नहीं देता। यह हुई नकलचियों की असली करामात! जाको राखे नकली मार सके न कोय।

□

31

दादी अम्मा जरा हँस के दिखाओ

"सुनो, मैं कह रहा था कि···" शर्माजी कुछ बोल पाते उससे पहले ही श्रीमतीजी चिल्लाई, "अरे, तुम अभी तक यहीं खड़े हो। जाओ जाकर फोटोग्राफर को फोन करो माँ-बाबा की फोटो जल्दी लाकर दे। और कितना टाइम लगाएगा? थोड़ी देर में भीड़ इकट्ठी हो जाएगी तब कैसे कुछ होगा। कितना काम पड़ा है। मीडियावालों को बुलाया की नहीं? जब तक टी.वी. पर खबर न आए मजा नहीं आता।" बेचारे शर्माजी अपनी घबराहट लगे फोन पर उतारने। वह कहते हैं न कि कुम्हार का जोर जब कुम्हारी पर नहीं चलता तो गधे को पीटता है, तो बस फोटोग्राफर की शामत आ गई। आज यह हाल है तो कल क्या होगा।

पप्पू, चिंटू, बंटी सब बहुत खुश हैं, आज दादा-दादी आएँगे। कितना मजा आएगा। शर्माजी भी खुशी-खुशी सारा काम निबटा रहे हैं, ऊँट का क्या भरोसा कब करवट बदल ले। चारों तरफ कुरसियाँ सज गईं। अच्छा-खासा पंडाल लग गया। कहाँ से किसकी एंट्री होगी, रिकॉर्ड पर कौन-कौन से गाने बजाए जाएँगे सब निश्चित हो गया। वीडियो रिकॉर्डिंग भी तो होगी। सी.डी. अच्छी बननी चाहिए। पैसा

चाहे जितना लग जाए। शर्माजी पत्नी की मातृ-पितृ भक्ति को देख गद्गद हुए जा रहे थे और मिसेज शर्मा अपने तीर बटोरने में लगी थीं, इस बार तीर सही निशाने पर लग जाए तो चुनाव वही जीतेंगी। बस भगवान् थोड़ा साथ दे दे। अचानक शर्माजी उठते हुए बोले, ''अच्छा मैं जाता हूँ। माँ-बाबा को ले आऊँ वृद्धाश्रम से। तैयारी तो सारी हो ही चुकी है।'' ''अरे नहीं! नहीं!'' मिसेज शर्मा ने टोका, ''अभी तो प्रोग्राम में चार घंटे पड़े हैं। अभी लाकर क्या करेंगे। और आज उन्हीं का तो हमें सम्मान करना है। फूल-मालाएँ आएँगी। बी.जे.पी. के लीडर भी आएँगे। उनकी आवभगत भी तो तुम्हें ही करनी है। ऐसा करो, तुम जल्दी से बच्चों को तैयार कर लो।'' बेचारे शर्माजी खिसियाए से खड़े रह गए।

हॉल लोगों से खचाखच भर गया। मीडिया के लोग पहले से आ गए थे। उन्हें तो बस खबर होनी चाहिए कि फलाँ जगह फलाँ कार्यक्रम होनेवाला है और फलाँ लीडर आनेवाला है। पहुँच ही जाते हैं सूँघते-सूँघते। मिसेज शर्मा बहुत चहक रही थीं, ''क्या करें, बहुत बार कहा कि आप हमारे साथ ही रहिए, मगर वे रहते ही नहीं। मुझे तो अपनी बहू नहीं बेटी मानते हैं।'' बीच-बीच में पप्पू बोल रहा था, पर माँ, दादी तो···मगर हर बात उसका कद छोटा होने के कारण लोगों तक पहुँच ही न पाती थी। पर शर्माजी पत्नी के समर्थन में सीना फुलाए घूम रहे थे। अचानक मिसेज शर्मा दरवाजे की तरफ दौड़ पड़ीं। एक गाड़ी आकर रुकी। उसमें से चार कमांडो के साथ नेताजी आ गए। स्वागत गान बजने लगा और सभी उन पर पुष्प बरसाने लगे। कुछ देर उन्होंने भाषण दिया। सभी लोगों ने माता-पिता की तसवीर को गुलदस्ते भेंट किए। जलपान ग्रहण किया। और जैसे ही चलने को तैयार हुए वैसे ही आधी से ज्यादा भीड़ और मीडिया नेताजी के साथ गायब हो गई। लोग

खा–पीकर मिसेज शर्मा को आदर्श बहू के खिताब के साथ–साथ चुनाव की बधाई भी देते जा रहे थे। शर्माजी ने फिर याद दिलाया, ''माँ–बाबा को ले आऊँ।'' मिसेज शर्मा अपनी दोस्तों के साथ तंबोला में बिजी हो गईं। रिकॉर्ड बजता रहा—दादी अम्मा, दादी अम्मा मान जाओ, छोड़ो भी यह गुस्सा जरा हँस के दिखाओ···

□

32

कुंभकरण फिर जाग उठा

जैसे ही चुनावी उम्मीदवारों की सूची आई चारों तरफ हो-हल्ला मच गया…देश का नेता कैसा हो? भीड़ साथ-साथ चिल्लाई, कल्लूमल जैसा हो…चुनावी मौसम ऐसा लगता है जैसे पाँच साल सोने के बाद कुंभकरण जाग उठा है, जोर-जोर से नगाड़े बजते हैं, गली-गली जयजयकार होती है, बरसाती मौसम की तरह दादुर भी संग-संग में टर्र-टर्र की ध्वनि सुनाते हैं, ये कूप-मंडूक भी बस ऐसे ही हैं, जिनका काम हर पाँच साल बाद ही शुरू होता है। अपने प्रिय नेता के लिए ये दंगा-फसाद करते हैं, कुरसियाँ उछालते हैं, जिंदाबाद-मुरदाबाद के नारे लगाते हैं, ये बेरोजगार चंद रुपयों के लिए दहशत फैलाने से भी बाज नहीं आते। ये मुट्ठी भर दहशतगर्द बेशुमार अमनपसंदों की भीड़ पर भारी पड़ जाते हैं, क्योंकि ये जानते हैं इनका नेता इनकी और इनके परिवार की पूरी जिम्मेदारी ले लेगा। फिर नेता चाहे स्वामीभक्त कार्यकर्ताओं की जगह हर बार अपने पूरे खानदान के लिए ही टिकट माँगता हो।

सबसे खूबसूरत पल तब आता है, जब जयजयकार करते कार्यकर्ताओं और ढोल पीटते ढोलकियों को लिये नेता जनता के द्वार पर वर्षों से सोई मुसकान जगाने और हाथ जोड़ वोटों की भीख माँगते नजर आते हैं, नेता

के पास वे ही पुराने लुभावने वादे हैं, जिन्हें पूरा करने की उसने कभी कवायद न की होगी, वह जनता को सिर्फ वही सपने दिखाता है, जिनकी उन्हें जरूरत है, परंतु जनता के लिए किए गए उन सपनों पर भी उसे भरोसा नहीं, उसे तो सिर्फ खुद के सपनों से ही सरोकार है। वैसे भी आबादी का एक बड़ा हिस्सा सिर्फ रोजी-रोटी में उलझा रहता है, उसे सिर्फ नाली, बिजली, पानी और सड़कों से अधिक कुछ सूझता भी नहीं।

लेकिन पाँच साल तक सोया यह नेता जानता है कि पुराने वादों की लिस्ट अब फाड़ देनी होगी, क्योंकि अब तो हालात ऐसे हैं कि नेता के पास मुँह दिखाने लायक कुछ भी नहीं है।

आसमान को छूती मँहगाई ने सबकी नींद उड़ा दी है, जगह-जगह होते बम विस्फोट और उनमें सत्ताधारी नेताओं का हाथ होने से आम जनता का नेताओं पर से भरोसा डगमगा गया है। किसानों को फसल का सही मूल्य न मिलने से कितने ही किसानों ने आत्महत्या कर ली, सरकार ने कितने ही बांग्लादेशियों को राशन कार्ड, वोटिंग कार्ड देकर भारतीयता का प्रमाण-पत्र दे डाला, जिसके फलस्वरूप देश में आतंकवाद, अपहरण, अवैध हथियारों व नकली नोटों की तस्करी का व्यापार व्यापक रूप से फैल गया है।

आज माहौल यह है कि प्रत्याशियों को चुनाव लड़ने के लिए कोई उद्योगपति या साहूकार चंदा तो दूर कर्जा देने को भी तैयार नहीं है, क्योंकि नेता के जीत जाने पर पैसा माँगना मुश्किल हो जाता है और हार जाने पर उससे भी अधिक मुश्किल, तो दोनों ही सूरतों में नुकसान व्यापारियों का हुआ। अब वह क्या जाने असली नुकसान तो बेचारे नेताओं का ही हुआ, जो खुद अपनी ही जमीन बेचकर ढोल पीटते घूम रहे हैं, अगर सियासी फसल लहलहाई तो ऐसी दस जमीन खरीदने की उम्मीद होगी और अगर न जीत पाए···तो फिर पाँच साल के लिए कुंभकरण सी गहरी नींद लेकर कहीं दुबक जाना होगा···

लगता है हिंदी के महान् कवि भवानी शंकर इन सफेद कपड़ेवालों की काली नीयत को बहुत पहले ही भाँप गए थे, उन्होंने लिखा था—

ऊँची बातें ऊँचा पद है,
नैतिकता का छोटा कद है।
चुन-चुनकर आँखें भेजी थीं,
अंधी की अंधी संसद् है।

□

33

बीमारी में लाभ

इधर जब से शर्माजी को हलकी सी खाँसी आई है, ऑफिस में रूबी भी हाथ मिलाने से हिचकिचाती है। शर्माजी बहुत परेशान हैं। बाहर स्वाइन फ्लू का बढ़ता हुआ आतंक और घर में बीवी का। बार-बार हाथ धोते-धोते परेशान हो गए थे। गले लगाना तो दूर, लोग हाथ मिलाते हुए भी कतराते थे। अगर स्वाइन फ्लू सचमुच हो गया तो? रूबी की बात तो छोड़ो, बीवी भी पास न आएगी। शर्माजी उलझन में थे कि उनके दोस्त मौजीराम आ धमके। शर्माजी ने उन्हें आपबीती सुनाई। मौजीराम ठहरे ऑल टाइम मौजी। लगे स्वाइन फ्लू के फायदे गिनाने। यार घबराते क्यों हो? फायदा क्यों नहीं उठाते। आराम-का-आराम और बिना आरक्षण सीट पर विश्राम। शर्माजी—वह कैसे? "अरे यार, स्वाइन फ्लू के मरीज के पास कौन बैठेगा सोचो? तुम आराम से मैट्रो में सफर कर पाओगे। घर के सारे काम भी बीवी चुपचाप किया करेगी। दिन भर तुम्हारी सेवा करेगी। एक सबसे बढ़िया बात, ऑफिस से बॉस भी छुट्टी दे देगा।" मौजीराम की बात शर्माजी के दिमाग में फिट हो गई।

योजनानुसार शर्माजी एन 95 स्पेशियल मास्क पहन आए। तैयार होकर जैसे ही मैट्रो पर चढ़े। वैसे ही खाँसी आई। सारी भीड़ छँट गई,

पास बैठी खूबसूरत बाला उन्हें छोड़ मौजीराम के साथ बैठ गई। ऑफिस में भी बॉस उन पर बरसता उससे पहले ही खाँसी आई और बॉस नरम होकर बोला, अरे पहले बताया होता न तुम बीमार हो। जाओ आराम करो। शर्माजी मन-ही-मन मौजीराम को थैंक्यू पकड़ा रहे थे। तभी उनकी नजर रूबी पर पड़ी, जो मौजीराम से हाथ मिलाते हुए कह रही थी कि आप कितने नेक हैं, जो जान की परवाह किए बगैर स्वाइन फ्लू के मरीज के साथ हैं। शर्माजी बेचारे तिलमिलाकर रह गए।

मौजीराम के सौजन्य से मिसेज शर्मा को पता लग चुका था, अब तक सभी रिश्तेदारों को फोन किए जा चुके थे। शर्माजी को घर पहुँचते ही सबने दूर से ही देखा। उनके कपड़े, उनका सामान सब पृथक् कर दिया गया। पत्नी की आँखों के आँसू शर्माजी को बेहाल कर रहे थे कि अचानक मौजीराम की आवाज आई, "आप फिक्र क्यों करती हैं भाभीजी, मैं हूँ न।" और बस घर के सभी सदस्य मौजीराम की आवभगत में।

शर्माजी को हॉस्पिटल भरती करवाया गया। डॉक्टर को मौजीराम ने जाने क्या समझाया कि उसने भी स्वाइन फ्लू की बीमारी कन्फर्म कर दी, अब शर्माजी का बुरा हाल, मौजीराम की मौज, लोग मौजीराम को मसीहा कहने लगे।

हॉस्पिटल से छूटकर शर्माजी जब ऑफिस पहुँचे, तब 440 वॉट का करंट उनसे चिपक चुका था। रूबी बन गई थी मिसेज मौजीराम। मौजीराम को बॉस के द्वारा प्रोमोशन मिला था और शर्माजी के घर में ही नहीं, उनकी बीवी के दिल में भी मौजीराम ने गहरा असर छोड़ा था कि जिंदगी भर उनके परिवार की रक्षा का बंधन बीवी ने उसके हाथ पर बाँध दिया। शर्माजी मौजीराम को हड़काते, या अपना फायदा उठाने पर डाँट लगाते, मगर खाँसी आई और शर्माजी चुप होकर रह गए। मौजीराम मुसकराते हुए गुनगुना रहे थे—स्वाइन फ्लू बड़े काम की चीज है…

□

34

बीड़ी कहाँ जलइले!

सार्वजनिक स्थानों पर स्मोकिंग पर प्रतिबंध लगते ही सिगरेट पीनेवालों के सिर पर पहाड़ टूट पड़ा है। ऑफिस में स्मोकिंग जोन नहीं है, और बाहर सिगरेट पीने पर पुलिस पकड़ लेगी। एक मशहूर फिल्म में देव आनंद साहब सिगरेट का धुआँ उड़ाते हुए गाना गाते हैं—हर फिक्र को धुएँ में उड़ाता चला गया। वह फिल्म देखकर हर सिगरेट पीनेवाला खुशी-खुशी सिगरेट का कश भरता और अपने चारों तरफ धुएँ का गुबार छोड़ता हुआ यही गुनगुनाता था। यह और बात है कि कुछ महीनों या सालों के बाद न वह रहता और न उसकी परेशानियाँ।

कई चेन स्मोकर सिगरेट ऐसे पीते हैं, जैसे साँस उस पाइप से ही आ-जा रही हो। एक सज्जन ने सिगरेट का अँगरेजी में संधि-विच्छेद करते हुए इसे शी ग्रेट कहा, तो मुझे इसका धुआँ उड़ाए बिना ही चक्कर आने लगा। सिगरेट सचमुच तुम कितनी महान् हो। ऊँचे लोगों की ऊँची पसंद हो। ऊँची पसंद से याद आया। हमारे स्वास्थ्य मंत्री अंबूमणि रामदास की नजर अब तंबाकू पर भी पड़ गई है। ऐसे में, वे यू.पी., बिहार से कोई पंगा तो नहीं ले रहे? एक फिल्म में अमिताभ बच्चन पर गाना फिल्माया गया था, अस्सी चुटकी नब्बे ताल, रगड़ के खैनी मुँह में

डाल, फिर खैनी का देख कमाल। अब यह कमाल देखने के लिए तो खैनी को मुँह में डालना ही होगा न? और सबसे बड़ी बात यह कि जो अमिताभ भैया के फैन चारों तरफ टँगे हुए हैं, वे तो ऐसा करेंगे ही।

कुछ लोग अपने बच्चों से सिगरेट मँगवाते हैं। ऐसे बच्चे आँखें बचाकर कभी-कभी खुद भी एकाध कश खींच ही लेते हैं। उन्हें लगता है, इस तरह वे जल्दी ही बड़े बन जाएँगे। और-तो-और, सीधे-सादे और संजीदा लगनेवाले गुलजार साहब के भी मन में न जाने क्या बात आई कि उन्होंने बीड़ी सुलगाई। अब बच्चे भी गाने लगे हैं—बीड़ी जलइले…जिगर से पिया, जिगर मा बड़ी आग है। अब इन बच्चों के जिगर की आग बुझाने के लिए स्वास्थ्य मंत्री को कोई-न-कोई कानून बनाना ही होगा।

कल मैंने सिगरेट के लगातार कश लगाते एक ट्रैफिक पुलिस के जवान को देखकर पूछा, "आप क्यों परेशान हैं? सिगरेट पीनेवालों को कैसे पकड़ेंगे, क्या यही सोच रहे हैं?" उसने कहा, "नहीं जी, मैं तो यह सोचकर परेशान हूँ कि अब सिगरेट कैसे और कहाँ पी जाएगी?"

पान की दुकान पर काँटे फिल्म का गाना बज रहा था, 'सिगरेट के धुएँ का छल्ला बना के, सोचना है क्या, जो होना है होगा, चल पड़े हैं फिक्र यार, धुएँ में उड़ा के।' अब सरकार को तो फिक्र है अपने नागरिकों के सेहत की, सो उसने इस तरह के धुएँ को गैर-कानूनी बता दिया है।

कई लोग पूछते हैं, सिगरेट, बीड़ी, तंबाकू बनानेवाली कंपनियाँ कब तक बंद होंगी? बंद किसलिए भैया? असली मुनाफा तो नशे से ही होता है। इसका मजा ही कुछ और है। एक बार पीकर तो देखो। सारी फिक्र भूल जाओगे।

□

35

शेयर का शेर

आजकल शेयर का शेर पड़ोसवाले शुक्लाजी के घर में घुस गया है और उसने वहाँ ऐसी उठा-पटक मचाई है कि घर के सभी सदस्यों को अपने शिकंजे में कस लिया है। न ढंग से नाश्ता मिलता है न खाना, सुबह के दस बजे से लेकर दोपहर के चार बजे तक घर के सभी सदस्य टी.वी. के सामने बारी-बारी से घात लगाकर बैठे रहते हैं कि आज शेयर का शेर क्या गुल खिलाने वाला है। और-तो-और, मोबाइल पर भी शेयर का ही हालचाल पूछा जाता है।

जब से शेयर का शेर आकर बैठा है, सबकी नींद हराम हो गई है, इन्हें दीन-दुनिया की कोई खबर ही नहीं है। न किसी के पास जाना, न किसी को बुलाना, कोई भूला-भटका दोस्त आ भी जाता है तो उसके सामने भी घर के सभी सदस्य शेयर्स के मोल-भाव करने लगते हैं। बेचारा दोस्त भी कुछ देर शेयर्स की खरीद-फरोख्त में शामिल हो जाता है, अंत में शेर का शिकार हो ही जाता है।

घर का हर सदस्य शेयर्स के बारे में जानकारी देता हुआ खुद को वॉरेन बूफे समझने लगा है। बच्चों की चाहत है पापा रिलायंस खरीदो, पत्नी कहती है, जो भी हो उसे तो जल्दी-से-जल्दी इस दीपावली पर

चूड़ियाँ चाहिए, ऐसा शेयर खरीदो जो रातोरात दुगना मुनाफा दे जाए। दादी अम्मा भी इस कर्मकांड से अछूती नहीं हैं, पूजा-पाठ, कर्म-धर्म छोड़ बस लगी हैं बेटे-बहू के साथ इसी बिजनेस में कि कब शेयर के शेर का रंग लाल हो रहा है, कब हरा। अब यह तो वे जान गई हैं कि लाल होने पर भाव घटता है और हरे रंग से बढ़ता है। अब चाहे शेयर्स की जानकारी हो या न हो।

जब से सास, बहू और सेंसेक्स नामक फिल्म देखी है, सबको शेयर्स खरीदकर अमीर बनने का भूत सवार हो गया है, कुछ शेयर्स खरीदकर घर के लोग खुद को कंपनी का बादशाह समझने लगे हैं। और क्यूँ न समझें? एकता कपूर ने अपने सीरियल में बताया था कि कैसे कंपनी के 50 प्रतिशत से ज्यादा शेयर खरीदकर मालिक बना जा सकता है। अब जितने पर्सेंट के शेयर्स हैं, उतने के मालिक तो हुए ही न।

शुक्लाजी की छोड़िए, आज जमाना ही बदल गया है, सास बहू को मायके के ताने नहीं देती, बल्कि पूछती है कि बहू जरा देखकर बताओ आज सेंसेक्स कहाँ अटका? एक चैनल पर शेयर्स की जानकारी देते हुए एक सास से बातचीत हो रही थी, "आपको शेयर खरीदने की सलाह किसने दी?" सास ने बड़े फक्र से कहा, "उसकी बहू ने कहा था और उसने खरीद लिये।" लगता है शेयर्स ने रिश्तों में भी समकालीन मिठास घोल दी है, लेकिन वह दिन दूर नहीं, जब शेयर का शेर बच्चे-बच्चे को जन्म-घूँटी की तरह पिलाया जाएगा। ऐसा न हो कि वह बड़ा होने के साथ ही सट्टेबाजी करना शुरू कर दे।

□

36

बाबा रे बाबा आक्टोपस बाबा

जैसे ही मैच खत्म हुआ, स्पेन में जीत का जश्न मनाया जाने लगा, चारों तरफ पॉल बाबा की जय के नारे लगने लगे। लेकिन सभी आक्टोपस परेशान हो गए कि अब हारनेवाली टीम उनकी चटनी बना देगी, आनन-फानन में आक्टोपस पॉल बाबा के घर एक मीटिंग बुलाई गई। जिसमें भाग लेने के लिए ऑस्ट्रेलिया से हैरी मगरमच्छ, सिंगापुर से तोता मणी, भारत से श्यामा मैना और तमाम आक्टोपस भी पधारे थे। मीटिंग का एजेंडा था—पॉल बाबा की भविष्यवाणियाँ, जिनके कारण आक्टोपस प्रजाति के कई दुश्मन बन जाने का खतरा था। अरे भई, कोई जीते, कोई हारे हमें क्या? सभी एक साथ चिल्लाए, पॉल बाबा अपना खेल खत्म करो, वरना तुम्हें आक्टोपस जाति से बाहर कर दिया जाएगा। एक समझदार बुजुर्ग आक्टोपस समझानेवाले अंदाज में बोला, "क्या तुम चाहते हो तुम्हारे सारे परिवार का विनाश हो जाए, तुम्हारे बच्चे तुम्हारी मूर्खता पर हँसें? तुम्हारे इस रवैए से कभी भी हारनेवाली टीम हमारी चटनी बनाकर खा जाएगी।" बुजुर्ग की बात पूरी हुई भी न थी कि आक्टोपस बाँकेलाल कमर पर हाथ रखकर बोला "अरे मियाँ, तुम तो रहोगे सुरक्षा के घेरे में और धर-दबोचे जाएँगे हम सब। क्यूँ भाइयो?"

सब एक साथ चिल्लाए। ''इस काम को छोड़ दो यह हमारा काम नहीं है।'' अभी तक पुरातन भविष्यवक्ता तोता मणी चुपचाप बैठे थे, ''बोले हाँ-हाँ यह हमारा पुरखों से चला आ रहा पेशा है, तुम कैसे एक ही पल में सबकुछ डकार लोगे।'' तभी हैरी मगरमच्छ जोर से चिल्लाया, ''चल हट, तू तो झूठी भविष्यवाणी कर रहा था। तूने कहा पोलैंड जीतेगा, जीता क्या···बात करता है।'' झगड़ा बढ़ने ही वाला था कि पॉल बाबा ने सबको शांत होकर बैठने का संकेत किया और बोले, ''देखो झगड़े से कुछ नहीं होगा। बहुत दिनों के बाद मौका मिला है हीरो बनने का। आज वह दिन आ गया है जब साधारण आदमी ही नहीं, फिल्म स्टार अमिताभ बच्चन तक ने हमारा लोहा मान लिया है। मैं जब चाहूँ वह देश खेल भी नहीं पाएगा। समझे क्या?'' अचानक एक आक्टोपस चिल्लाया, ''पॉल बाबा तुम तो बन गए रातोरात करोड़पति। तुम्हें तो बैठे-बिठाए बढ़िया-बढ़िया भोजन मिलने लगा है। लेकिन हम! हमारी तो हालत बुरी हो गई है, तुम पर तो कड़ी सुरक्षा है, लेकिन हम तो बेमौत मारे जाएँगे न, छोड़ो न काहे इस बेकार के काम में पड़ गए हो। हाँ-हाँ सही कहते हो।'' श्यामा मैना रुँआसी हो गई, तोता मणी ने भी सिर हिलाया। ''तुमने हमारा सारा व्यवसाय चौपट कर दिया है।'' आखिर पॉल बाबा ने एक अहम् फैसला ले ही लिया ''चलो ठीक है, तुम लोगों की खातिर अब मैं रिटायरमेंट ले ही लेता हूँ।'' जय हो पॉल बाबा।

□

37

प्रेम में लाठी

मियाँ-बीवी राजी, तो क्या करेगा काजी? लेकिन वस्तुतः ऐसा है नहीं। दो प्रेम करनेवालों के बीच से दुनिया की दीवार हटने का नाम ही नहीं लेती। यह प्यार भी, समझ में नहीं आता कि ऊटपटाँग परिस्थितियों में ही क्यों होता है। कभी दुश्मन की बेटी से, तो कभी अपनी जाति के बाहर इश्क होता है और घरवाले लाठियाँ लेकर निकल पड़ते हैं। जाने कितने ही किस्से हैं जी। किस-किस का नाम लें? हर गली-सड़क पर आशिक घूमते नजर आते हैं। शायर ने ठीक ही कहा है—

तू अगर इश्क में बरबाद नहीं हो सकता।
जा तुझे कोई सबक याद नहीं हो सकता।

किसी ने सच ही कहा है कि प्यार अंधा होता है, जो न उम्र देखता है, न मजहब, न गोरा, न काला। इस अंधे प्यार का परिणाम तो अंधा ही होगा। किसी ने तो यह भी कहा है कि पागल प्रेमी दीवाना। सही है, अगर प्रेमी दीवानगी में पागल न हो पाए, तो दुनिया मजनूँ की तरह पत्थर मार-मारकर पगला देगी। उससे भी पेट न भरा, तो समझो, राम-नाम सत्य तो कर ही देगी। इसलिए अगला जनम लेने से पहले भगवान् से रिक्वेस्ट कीजिएगा कि आपकी प्रेमिका या पत्नी सगोत्र न हो, वरना अंजाम तो सब

जानते ही हैं। क्या फायदा, अगर अगला जन्म भी गीत गाते-गाते गुजर जाए। या फिर आपकी प्रेमिका को अनारकली की तरह दीवार में चुनवा दिया जाए। अच्छा बवाल है भैया। प्यार करे कोई और परेशानी सारी दुनिया को।

इस समस्या का कोई-न-कोई उपाय तो भगवान् को ढूँढ़ना ही होगा। वरना मनुष्य उसकी बनाई सृष्टि का विनाश करता ही रहेगा, और जो काम 2012ई. में होने की आशंका है, इस प्रेम के चक्कर में पहले ही हो जाएगा। इस समस्या से निपटने के लिए क्यों न भगवान् लड़के-लड़कियों के चेहरों पर टैटू बनाकर भेजे, ताकि उन्हें प्यार करने से पहले ही पता चल जाए कि उनका गोत्र क्या है। और जहाँ किसी लड़की को सगोत्र लड़का दिखे, उसे राखी बाँधकर भाई बना दे। सोचिए, तब कितने भाई बन जाएँगे। छेड़े जाने का डर भी नहीं रहेगा। माता-पिता चैन की बंसी बजाएँगे।

अब सरकार को ही ले लीजिए। वह भी बेवजह रोड़े अटकाती है। जब लड़की की कुंडली मिला ली, गोत्र मिला लिये, छत्तीस गुण भी मिला लिये, तब सरकार ने मेडिकल चेकअप का लफड़ा पैदा कर दिया और शादी रुक गई। अब ऐसे में भगवान् भी क्या कर लेंगे, जब सरकार भी उनके बनाए हर काम में अड़चन डालने लगेगी। तो भैया, यह बात बेकार हो गई कि जोड़ियाँ बनती हैं आसमानों में।

आजकल गॉड ने प्रेम का गिफ्ट देना बंद कर दिया है। इसलिए युवाओं को सोच-समझकर प्रेम करना चाहिए। अच्छा होगा कि वे अपने साथ अपनी मेडिकल रिपोर्ट साथ रखें। जन्मकुंडली भले न बनवाई हो, लेकिन अपने माथे पर जाति, धर्म और गोत्र का टैटू अवश्य गुदवा लें, ताकि जब कभी प्रेम के कीटाणु आपके शरीर में प्रवेश करने की कोशिश करें, तो आप अपना बायोडाटा दिखाकर सामनेवाले या वाली का उचित मार्गदर्शन करें।

□

38

मूली बनाम मेडल

कॉमनवेल्थ गेम्स के चलते ऑस्ट्रेलिया ने एक मीटिंग बुलाई। मीटिंग का अजेंडा था कि अचानक ऐसा क्या हुआ, जो ऑस्ट्रेलिया के धुरंधर कुश्तीबाज अपने आपको इंडियावालों से छुड़ाकर अखाड़े से भाग खड़े हुए। जाँच कमेटी को ऑस्ट्रेलिया के खिलाड़ियों से पता चला कि उनके पीछा छुड़ाकर भागने की वजह इंडियंस की पावरफुल फ्लेवर थी, जो उनकी सैंसीबिलिटी को इफेक्ट करती है। जिसकी वजह से वे या तो नाक बंद करने को मजबूर थे या मैदान छोड़ भाग जाने को। अतः नाक बंद कर वहीं खड़े-खड़े पिटने से अच्छा उन्हें मैदान छोड़ भागना ही लगा। यह फ्लेवर किस तरह की है, डोपिंग टेस्ट में तो कुछ पता नहीं चला। खिलाड़ियों की फिर से जाँच की गई तो पाया कि खिलाड़ियों को मूली का पराँठा खिलाया गया था। अब मूली का पराँठा कैसे डोपिंग में पकड़ा जाता। लगता है इंडियावालों ने जीतने का यह नायाब तरीका सोच निकाला है। अब ऑस्ट्रेलिया में मूली खाई भी जाती होगी तो क्या हुआ, उसके विशेष गुणों की परख तो इंडियावाले ही जानते हैं। मूली भी सदियों से कुश्ती के अखाड़े में बदनाम होती आ रही थी। जब एक खिलाड़ी

दूसरे खिलाड़ी को ललकारता था कि तू किस खेत की मूली है। आखिर कब तक सहती, आज उसकी कुरबानी व्यर्थ नहीं गई। मिटते-मिटते भी देश के काम आ गई और कुश्ती में गोल्ड मेडल दिला ही गई।

□

39

लागा रे लागा नमक इ-इश्क का

'ओंकारा' फिल्म का यह गाना यदि इंटरनेट के लिए लिखा जाता तो शायद गुलजार साहिब यही फरमाते। यह इ-इश्क का नमक इंडिया में ही नहीं लगा है, वरन् इंटरनेट ने दो देशों के बीच भी प्यार की फुहार बरसाई है।

ब्रिटेन के एक अध्ययन से पता चला है कि 50 वर्ष से बड़ी उमर के लोगों में आपसी प्रेम की भावना ज्यादा पनपती है तथा वे अपनी बढ़ती उम्र के साथ मौज-मस्ती करते हुए युवाओं की अपेक्षा अधिक समय बिताते हैं। इंटरनेट पर भी न जाने कितने ही अधेड़ उम्र के लोग सर्फिंग करते नजर आते हैं। दरअसल प्रौढ़ावस्था तक मनुष्य अपनी जिम्मेदारियों से काफी हद तक मुक्त हो जाता है। और जब मैं 'कोई लौटा दे मेरे बीते हुए दिन···' यह गाना सुनती हूँ तो सोचती हूँ कि इंटरनेट की रँगीली दुनिया ने न जाने कितनों के बीते हुए दिनों की यादों को ताजा किया है। कितने ही पतझड़ों को अब बसंत का इंतजार रहता है। लैला-मजनूँ, सोहनी-महिवाल के किस्से तो जगजाहिर थे ही, आज इंटरनेट पर भी इश्क का जादू अपनी चरम सीमा पर है। इंटरनेट के माध्यम से दूरियाँ नजदीकियों में बदल रही हैं। करना क्या है, बस एक

पुराना खूबसूरत सा जवानी का फोटो चस्पा दो अपनी प्रोफाइल पर, फिर देखो मजा, कितने ही आ जाएँगे आपसे चटियाने। मजे की बात तो यह है कि उधर की प्रोफाइल में भी लोचा है। पता चला कि दोनों तरफ मियाँ-बीवी ही बतियाते रह गए। ऐसे ही बेचारे शर्माजी अपनी श्रीमती से छिपकर ऑफिस में ही चटियाते थे, इधर श्रीमतीजी भी शर्माजी के जाते ही किसी से नेट पर चटियाने लगीं। पोल तो तब खुली, जब दोनों ने अपना-अपना फोटो ट्रांसफर किया। खूबसूरत नवयौवना सी तसवीर लगाए न जाने कितने प्रोफाइल बने हैं इंटरनेट की दुनिया के बेताज बादशाह। वे शायद यह कहते नजर आते हैं, जरा गौर से देखिए यह इमारत भी कभी बुलंद थी। किंतु बेचारे कदरदान क्या समझ पाएँगे, उनकी मूक भावनाओं को। इंटरनेट पर बेधड़क बन रहे हैं प्रोफाइल। वाह रे वाह गूगल बाबा, क्या लंगर बाँट रहे हैं। पहले हॉयज और ऑर्कुट में बंदरबाँट चल रही थी। आज फेसबुक भी न जाने कितने फक्कड़ों-निठल्लों का अड्डा बन गई है।

बात बस नौजवानों के इश्क की होती तो फिर भी चलता, किंतु बात उठती है देवानंद, मनोज कुमार सरीखे नौजवानों की, जो एवर ग्रीन बन अपने आपको शाहिद कपूर या कोई नॉटी हीरो की तसवीर के पीछे छिपाए हुए हैं। वैसे नेट पर माधुरी दीक्षित या रेखा की भी कमी नहीं है, जो कैट या सोनम की तसवीर लगाए कभी उम्र का सोलहवाँ पड़ाव पार करती ही नहीं।

□

40

पूँछ कटी और उगे दस शीश

कई दिन से एक ही बवाल मचा हुआ है। जसवंत सिंह ने एक किताब क्या लिख दी कि अखबार हो या टी.वी., हर जगह एक ही बात कही जा रही है कि हनुमान बने जसवंत सिंह रावण बन गए हैं। हनुमानजी के श्री राम अटल बिहारी वाजपेयी भी चुप्पी साधे हुए हैं। वे यह भी नहीं कहते कि यह अच्छी बात नहीं है और लक्ष्मण बने लालकृष्ण आडवाणी यह कहकर काम चला रहे हैं कि घरेलू कलह से काम बिगड़ गया है। अब सबसे पहले प्रश्न यह उठता है कि जसवंत सिंह, जो एक मनुष्य के रूप में पैदा हुए थे, अचानक हनुमान कैसे बने? कोई बताए या न बताए, हमें तो बस एक ही बात दिमाग में आ रही है कि जसवंत सिंह की पूँछ उग आई होगी। सुना है हमारे पुरखे भी वानर ही थे। हो सकता है कि जसवंत सिंह की उगी पूँछ किसी की नजर में आ गई हो। यह भी तो हो सकता है कि लोगों ने जब उनका चेहरा गौर से देखा हो, उन्हें कुछ-कुछ हनुमानजी से मिलता-जुलता लगा हो। आखिर इतने सारे लोग झूठ तो नहीं बोलेंगे। तिल का ही तो ताड़ बनता है। अब उन्हें लंगूर या बंदर कहेंगे तो अच्छा नहीं न लगेगा। तो लोगों ने सोचा होगा जय हनुमान से सम्मानित किया जाए और कर दिया सम्मानित। कि

बोलो बजरंग बली की जय।

लेकिन बात जो न समझ में आने वाली है, वह यह कि आखिर अब क्या हुआ, जो वे रावण बन गए हैं। जरा गौर से देखिए जनाब, कहीं जसवंत सिंह की पूँछ तो नहीं कट गई, या फिर किसी के द्वारा काट दी गई हो। जब लोगों की बात मानकर हमने जसवंत सिंह को हनुमान माना था, तब पार्टी में उनकी बहुत बड़ी पूँछ हुआ करती थी। लेकिन अब लगता है जसवंत सिंह के दस सिर उग आए हैं। इसीलिए सभी लोग उन्हें रावण के नाम से पुकार रहे हैं। सब कह रहे हैं तो विश्वास तो करना ही पड़ेगा। रावण के दस सिर थे, जिसका उसे घमंड हो गया था। जसवंत सिह के भी दस सिर उग ही गए लगता है। तभी तो पाकिस्तान के बाबा-ए-कौम मुहम्मद अली जिन्ना को पाकिस्तान के विभाजन का जिम्मेदार न ठहराते हुए सरदार बल्लभ भाई पटेल को जिम्मेदार बताया। साथ ही अपनी किताब में जिन्ना की जी भर के तारीफ की। जिन्ना का समर्थन और वह भी भारत में कर दिया। भला राष्ट्रप्रेमियों को सहन कैसे होता। अब उन्होंने तो लफड़ा खड़ा कर ही दिया। यह काम पाकिस्तान में जाकर करते तो अच्छा होता। आयशा जलाल जैसे बहुत से साहित्यकार उन्हें फूलों से नवाजते। अब तो भैया राम ही राखे। एक बात और सुनने में आई थी कि रावण बहुत बुद्धिमान था। मगर फिर भी इतनी बड़ी बेवकूफी कर बैठा कि राम से पंगा लिया और सोने की लंका समेत उसे भी खत्म कर दिया गया। रावण के लिए एक कहावत पुरखों से सुनते आ रहे हैं कि 'विनाश काले विपरीत बुद्धि।' तो लगता है यहाँ भी सेम (शेम नहीं) स्टोरी बन गई। भैया जसवंत ने भी रामजी की अयोध्या रूपी भाजपा से पंगा ले ही लिया और वानर सेना द्वारा लंका से बाहर खदेड़ दिया गया और रामभक्त हनुमान जसवंत सिंह को इस बार रावण का रोल मिल गया। लगता है इस बार रामलीला परदे पर न होकर संसद् में शुरू हो गई है।

□

41

सोचती हूँ सेलिब्रिटी बन जाऊँ

लिखते-लिखते कलम घिस गई। संपादकों की मनुहार में बाल पक गए, और मुई ये चप्पल तो न जाने कितनी बार मोची की दुकान पर हो आई। लेकिन जिसको पाने की चाहत में उम्र बीती निगोड़ी वही न मिली। आजकल मिलता भी क्या है? और हमने किया ही क्या है। सोचो तो न चोरी की, न डकैती डाली, न किसी का खून किया तो भला वह कैसे मिलती? वाह मियाँ, खुद को बहलाने के अंदाज निराले हैं···बचपन में सीखा चोरी-डकैती-लूटमार यह सब काम अच्छे लोगों के नहीं। फिर सुना नफरत पापी से नहीं पाप से करो। पर आज जिंदगी की परिभाषा ही बदल जाए तो हम क्या करें? बस कैसे भी करके हे प्रभु, तू मुझे फेमस कर दे, मैं सवा पाँच रुपए का प्रसाद चढ़ाऊँगी। ओह सवाया कहाँ से लाऊँगी, चवन्नी तो गई।

भगवान् भी क्या सोचता होगा कैसे भूखे-नंगे लोग हैं, ये कलम घसीटे कभी मंदिर आते नहीं, सोना चढ़ाते नहीं, बिना कुछ किए सब पाना चाहते हैं। सोने की बात पर याद आया, आजकल हर रोज खबर मिल रही है कि फलाँ मंदिर से सोना बरामद हो रहा है। फलाँ बाबा के पास से करोड़ों रुपए का सोना-चाँदी और रुपया-पैसा बरामद हुआ। तो

भैया वह सब हमारा, आपका ही तो है। हमारे पुरखों ने भगवान् को चढ़ाया। क्या फर्क पड़ जाएगा अगर मैं उसी में से थोड़ा सा उठाकर भगवान् को चढ़ा दूँ। वह सुना तो होगा, तेरा तुझको अर्पण, क्या लागे मेरा, लेकिन एक परेशानी फिर भी आड़े आ रही है। सुना है वह काला धन है, माँ कहती है पाप की कमाई भगवान् नहीं लेते। तो क्या आजकल भगवान् भी बदल गए हैं। हो सकता है वक्त के साथ भगवान् भी मॉडर्न हो गए हों। और उन्होंने काले धन को गोरा करने का कॉन्ट्रेक्ट लिया हो तो सबने काला धन जमा करवा दिया। आज तो कैसे भी भगवान् को पटाओ, पैसा लक्ष्मीजी है माथे से लगाओ तो भैया! चाहे गोरा हो या काला, स्लेटी हो या लाल, पैसे के बिना तो भगवान् भी नहीं सुननेवाले। चलो छोड़ो, मुझे लगता है कुछ और सोचना होगा।

शायद फेमस होने के लिए कुछ बुक्स तो अवश्य होंगी मार्केट में जैसे—फूलन के टिप्स, बंटी की सफलताएँ, कनिमोझी के सपने या फिर जेल जाने के आसान तरीके। हो सकता है किसी नीम-हकीम ने ऐसा कोई अर्क बनाया हो, जिसे पीकर मैं भी फूलन जैसी शूरवीर, बंटी जैसी उस्ताद बन जाऊँ। और हो सकता है इसके बाद मुझे भी बिग बॉस बुला ले या फिर रामू अपनी फिल्म की हीरोइन बना ले। हे भगवान्, बस एक बार कनिमोझी का इंटरव्यू ही मेरे द्वारा करवा दे।

करना तो होगा कुछ-न-कुछ, वैसे भी खाली दिमाग शैतान का दिमाग होता है। खाली दिमाग में गांधीजी के सिद्धांत, बिनोवा भावे के विचार और न जाने कितने ही महापुरुषों की रूहों ने अड्डा जमा रखा है, अब इन्हें तो वर्तमान से कोई सरोकार ही नहीं। क्या फायदा ऐसे लोगों का? आज ही गांधीजी, बिनोवा भावे खोपड़ी से आऊट और फूलन देवी, बंटी उस्ताद, कनिमोझी इन। ऐसे लोगों को रखूँगी न, जो आगे बढ़ने का मार्ग प्रशस्त करेंगे। जिनमें दूसरे का पैसा लूटने की क्षमता है। जो मार्ग में आनेवाली हर बाधा को मसलकर रख दें। और

जरा सोचिए, लाइफ में एक बार भी जेल की सुख-सुविधाएँ प्राप्त न कीं तो क्या पाया। चलो राह तो मिली, सबसे पहले अपने पड़ोसी शर्मा को ही चाकू दिखाकर लूटा जाए। और नहीं माना तो टपका देंगे साले को, भैया अपने को तो कैसे भी हो फेमस होना है।

लूट···बाप रे बचपन में दो रुपए चुरा लेने पर अम्मा ने खूँटी पर उलटा लटका दिया था। अरे छोड़ो आज अम्मा भी बंटी चोर के साहस को देख रही हैं न, उन्हें भी अपने किए पर पछतावा होगा कि काश चोरी करना सिखा पाती तो आज मेरी बेटी भी धूम मचाती।···ओह अम्मा, काश तुम समझ पाती, तो आज मैं भी सेलिब्रिटी बन पाती।···

□

42

नरक में डिस्काउंट ऑफर

सेल की दुकान देखते-देखते एक आदमी नरक के दरवाजे तक चला आया। जैसे ही यमराज पर उसकी नजर पड़ी, वह घबराकर चिल्लाया, ''हे महाराज! अभी तो मेरा टाइम ही नहीं आया। न मैं बीमार हुआ, न सीने में दर्द उठा, फिर आपने मुझे इतनी जल्दी क्यों बुलाया?'' यमराज थोड़ा मुसकराकर बोला, ''बालक, यह तो सेल का कमाल है। हमने तुझे यहाँ नहीं बुलाया। तू तो खुद-ब-खुद चला आया। धरती पर हमने नाइंटीन पर्सेंट ऑफ का जो बोर्ड लगाया है, तू उसे देखते-देखते यहाँ तक चला आया।''

वह आदमी गिड़गिड़ाते हुए बोला, ''पर हुजूर, नरक तो यातनागृह है। यहाँ कैसा ऑफर? किस बात का डिस्काउंट? यहाँ तो वे लोग आते हैं, जो धरती पर पाप कमाते हैं।'' यमराज झल्लाकर बोला, ''मिस्टर मानव, हमें क्या मूर्ख समझ रखा है? खुद धरती पर तू दिन-रात नए-नए चमत्कार कर रहा है। फल, सब्जियाँ ही नहीं, तूने परखनली शिशु का भी निर्माण किया है। कहीं किसी रोज अमरत्व का टीका भी बना डाला, तो कोई मरेगा ही नहीं। धीरे-धीरे हमारे सारे कार्य तू ही कर लेगा, तो हमें कौन पूछेगा? इसलिए हमने नरक में धरती से भी अधिक

सुख-सुविधाएँ मुहैया कराने का प्लान बनाया है।''

आदमी यह सब सुनकर चकराया, ''महाराज, अपने ऑफर के बारे में विस्तार से बताइए, ताकि मैं कुछ फैसला ले सकूँ।'' यमराज ने तुरंत एक पेंपलेट निकाला और कहा, ''धरती पर यह बँटवा देना। जो पहले नरक में आएगा, स्पेशल डिस्काउंट पाएगा।'' आदमी खुश होकर बोला, ''महाराज, सुना है नरक में चोर-उचक्के ही आते हैं। मैं तो शरीफ आदमी हूँ। क्या आपने शरीफों के लिए भी अलग से कुछ व्यवस्था की है?''

यमराज गुस्साते हुए बोला, ''धरती पर जिन चोर, उचक्कों और अपराधियों को मुँह काला कर गधे पर बिठाकर शहर भर में घुमाना चाहिए था, उनको तुमने मीडिया में सुर्खियाँ बना दिया। आज वे टी.वी. पर किस्मत आजमा रहे हैं और सेलिब्रिटी कहला रहे हैं। धरती पर जब ऐसे लोगों को सम्मान मिलेगा, तो बताओ नरक में कौन आना चाहेगा? हमारी प्रतिष्ठा का सवाल है भैया। हमने भी सोच-समझकर यह ऑफर दिया है, ताकि ज्यादा-से-ज्यादा लोग नरक में आएँ और नरक को भी धरती जैसा पाएँ। बूढ़े हों या जवान, एक के साथ एक फ्री आ सकते हैं, रूम विद एयरकंडीशन पा सकते हैं। धरती के जेलों जैसा ही रहेगा नरक का वातावरण। मोबाइल-इंटरनेट सभी सुविधाएँ हैं यहाँ। तुम पहले व्यक्ति हो। यदि धरती से और लोगों को भी लाओगे, तो स्पेशल डिस्काउंट के साथ-साथ उच्च पद पाओगे।

आदमी खुशी से झूम उठा। फटाफट फॉर्म भरके स्पेशल डिस्काउंट पा गया और पूरे परिवार सहित सीधे नरक में आ गया।

□

43

आलू-प्याज केबिनेट मीटिंग

आज रात आलूजी ने एक मीटिंग बुलवाई, जिसका अजेंडा था कि जब-जब सरकारें बनती हैं, हम पर दबाव बन जाता है, कभी गोदाम में इतना ठूँस-ठूँस कर भर देते हैं कि हमारा दम घुट जाता है और हम मुँह दिखाने के काबिल भी नहीं बचते हैं। हमें जबरन कीमत बढ़ाने के चक्कर में पकड़कर रखा जाता है, बाद में पता चलता है कि लोग आलू खाना ही बंद कर देते हैं, यह कहकर कि इससे डायबिटीज हो जाती है, मोटापा होता है या भैया नहीं खाना, स्वाद भूल गए हैं। पिछले दिनों जब मैं गोदाम में सड़ रहा था, सबने मटर के समोसे खाने शुरू कर दिए थे। मटर क्या मैंने सब्जी को जायकेदार बनाने में तुम्हारी मदद नहीं की थी? जो तुम अकेले ही समोसे का स्वामित्व ले बैठे थे।

आलूजी बोले जा रहे थे, साथ ही पसीना पोंछ रहे थे। प्याज खुद को बनाने-सँवारने में लगी थी, जैसे उस पर तो कोई आँच आनेवाली नहीं हो। गुस्से में आलूजी फिर बोले मोहतरमा, आपको तो कोई फिक्र नहीं है, आप जानती हैं कि यह सब आपका ही किया-धरा है, मुझे तो अंदाजा ही नहीं था इस बात का, यदि खाद्य मंत्री रामविलास पासवान ने न बताया होता। तुमने तो कई सरकारें पलटकर रख दी हैं। तुम महिलाएँ

भी न, महाभारत के समय से सत्ता पलटने में लगी हो। देखो, इस सजने-सँवारने को छोड़ो और तरीका सोचो, वरना इस बार मंत्रियों की बैठक में मेरे साथ तुम भी गोदाम में सड़ोगी।

प्याज मुसकराई और धीरे से बोली, ''मैं नहीं सड़नेवाली आलूजी, चाहे वेज हो या नॉनवेज, मुझे तो हर सब्जी में जगह मिलती है, पिछले दिनों मैं दौ सौ रुपए तक बिकी थी, मेरा रूप-रंग ही ऐसा है कि सबके मुँह का स्वाद बदल जाता है, अमीर ही नहीं, गरीब भी मुझे पाने के लिए पूरे प्रयत्न करता है, इसीलिए तो सरकार से भिड़ जाता है।

प्याज की मुसकराहट ने बता दिया कि द्रौपदी की साड़ी सी लिपटी है प्याज की परतें और इन परतों के बीच ही छिपी है सत्ता की कोई कमजोरी, जो भिंडी, टिंडा, परवल यहाँ तक कि मटर को महँगा पाकर भी नहीं बता रहे हैं, बस प्याज के बढ़ते दामों से मंत्रीजी घबरा रहे हैं। सारी सब्जियों ने आलू की बात का समर्थन किया और प्याज को कलयुग की द्रौपदी मान छोड़ दिया। अब तो मंत्रियों की बैठक से ही सरकार कैसे बच पाएगी, इसका फैसला आएगा।

□

44

अब औरत…औरत से नहीं जलती

भाषा के पुरोधाओं से निवेदन…हे भाषा के विद्वानो, आपने जो महिलाओं पर मुहावरे बनाए हैं उनमें बदलाव का समय आ गया है, अत: आप अपनी आँखें खोलिए और हम महिलाओं को इन मुहावरों से मुक्त कीजिए। जब से आपने मुहावरा बनाया था कि औरत-ही-औरत की दुश्मन होती है, हम सभी यह मानकर चुप हो गई थीं, लेकिन आज हम जाग गई हैं, आप यदि इस बात पर गौर करें, तो पता चलेगा कि हम महिलाएँ हमेशा समूह में रहती हैं। हमारी बातें एक से दूसरे तथा दूसरे से तीसरे को पता होती हैं। हम जिस भी गली-मोहल्ले में रहती हैं, हमें सभी के घरों की फिक्र रहती है कि किसकी लड़की का चक्कर किसके साथ चल रहा है तथा किसके घर में क्या पक रहा है, हम महिलाओं में मेल-मिलाप इतना अधिक होता है कि पतियों को पड़ोसन के हाथ का स्वाद भी पता चल जाता है। ऐसे में हम लोगों को एक-दूसरे का दुश्मन कहना कहाँ तक सही है?

पुरुषों ने हम पर यह भी इल्जाम लगाया कि हमने पुरुषों की सत्ता में सेंध लगाई है, अरे जनाब, गौर फरमाइए जरा…सेंध हमने नहीं, हमारी सत्ता में पुरुषों ने लगाने की कोशिश की है। अब संजीव कपूर को ही ले

लीजिए। कितने सालों से खाना-खजाना में सबको खाना पकाना सिखा रहे हैं। तमाम पुरुषों को भी इस क्षेत्र में अच्छा स्कोप नजर आने लगा है। उनकी देखा-देखी जाने कितने पुरुषों ने खाना पकाने का कोर्स कर बड़े-बड़े होटलों से शेफ की पोस्ट हथिया ली है। आपको जानकारी न हो तो बता देती हूँ कि पुराने समय से खाना पकाना हम महिलाओं के क्षेत्र में आता था। एक रसोई, जो हम महिलाओं का गौरव हुआ करती थी, तरह-तरह के स्वादिष्ट व्यंजन बनाकर हम सारे घर पर राज किया करती थीं। अब हाल यह है कि घर के सभी लोग होटल का खूबसूरत दिखनेवाला भड़काऊ खाना ज्यादा पसंद करने लगे हैं। टी.वी. पर संजीव कपूर को देखते ही बच्चे कहते हैं, मम्मी देखो संजीव कपूर अंकलवाला शो आया है, आप भी कुछ अच्छा सा बनाना सीख लीजिए। अब यह भी कोई बात हुई। आज माँ के हाथ के खाने की कोई वैल्यू ही नहीं बची। क्या आनेवाली पीढ़ियाँ माँ के हाथ का स्वाद भूल नहीं जाएँगी?

यहाँ तक कि हमारे कपड़ों के सारे रंग हरा, गुलाबी, फूल-पत्तीदार पुरुषों ने छीन लिये हैं। सिलाई-कढ़ाई भी हमारा पुश्तैनी पेशा रहा है, कई पुरुष दरजी भी पुरुषों के कपड़े छोड़ महिलाओं के ही कपड़े सिलने लगे हैं, क्योंकि उन्हें उसमें स्कोप ज्यादा नजर आता है। पत्नी को घर की मुरगी दाल बराबर समझनेवाले पुरुषों को यह नहीं मालूम कि दाल के दामों ने ऊँचाइयाँ हासिल की हैं, जब दाल कह ही दिया है तो हम इनकी छाती पर मूँग दलने के लिए भी तैयार हैं।

आप विद्वज्जन यदि सोशल मीडिया की भी जाँच करेंगे तो पाएँगे कि किसी भी महिला की प्रोफाइल पिक्स पर जमकर लाइक और कमेंट आते हैं, जो अत्यधिक मात्रा में पुरुषों के ही होते हैं। बात यह उठती है कि महिलाओं की तसवीर पर ज्यादा लाइक और कमेंट कौन करता है। यदि इसकी भी जाँच की जाए तो पता चलेगा कि करनेवाले भी पुरुष ही हैं। अब पुरुषों की तसवीरें भी देखेंगे तो पता चलता है कि कुछ गाल पे

हाथ रखे, कुछ नई पतलून पहने, कुछ की मूँछें लंबी, कुछ हिंदी सिनेमा के अभिनेता जैसे, कुछ पर मोदी फैशन मँडराया सा, कोई केजरी के जैसे टोपी भी लगाए हुए हैं, तो यूँ बोलें कि न चेहरा खराब, न ही शख्सियत, न ही फेसबुक पर कोई असंवेदनशील घटना ही उनके द्वारा घटित थी, तो उन्हें अपने ही भाई लोगों से लाइक और कमेंट क्यों नहीं मिल रहे? निष्कर्ष यह निकला कि पुरुष खुद पुरुष का दुश्मन है। एक-दूसरे से ईर्ष्यावश न लाइक करता है न कमेंट। अतः भाषा के पुरोधाओं सुनो, शब्दकोश से यह मुहावरा बदल देना चाहिए कि औरत ही औरत की दुश्मन होती है, बल्कि इन सब बातों को देखकर तो लगता है कि यहाँ आदमी, आदमी से जलता है।

□

45

कवि होने का दर्द...

कवि का दर्द कोई नहीं समझता। बेचारा कवि कितनी मुश्किलों से अपने दिल की भड़ास शब्दों में पिरोकर कोई कविता लिखता है। लिखने के साथ ही मन होता है कि उसे सुनाएँ। और जब कोई सुनता नहीं तो कविता का आलाप-विलाप में परिवर्तित हो जाता है। दु:खी मन से कविता यहाँ-वहाँ भटकती है। सुनानेवाले के साथ सुननेवाले की आँख से भी जब तक आँसू न आ जाएँ कवि का विलाप जारी रहता है। कवि जितना अधिक जोर से विलाप करता है, कविता उतना ही तेजी से असर करती है। आप सोच रहे होंगे कि मैंने कविता को विलाप से क्यों जोड़ा। लेकिन यही सच है, जब कोई रोता है, तो सुर में बँधकर रोता है। कभी-कभी तो किसी का रोना सुनकर लगता है कि कहीं दूर सारंगी बज रही है। शायद इसीलिए साहित्य जगत् में छायावाद के स्तंभ कवि सुमित्रानंदन पंत ने कहा है, ''वियोगी होगा पहला कवि, आह से उपजा होगा गान। निकलकर आँखों से चुपचाप, बही होगी कविता अनजान... ।''

खैर, एक कवि का विलाप मुझसे देखा नहीं गया। मैंने कहा, ''सुनो कविता उसे सुनाओ जो खुद भी कवि हो, क्योंकि एक कवि ही दूसरे कवि का दर्द समझ सकता है। एक कहावत है न 'जिसके पाँव न

फटी बिवाई वो क्या जाने पीड़ पराई।''

कविता के साथ यही परेशानी है, पहले तो आह निकलती नहीं और जब निकल जाती है, तो कोई सुननेवाला नहीं होता। छोटा बच्चा भी गिरने के साथ आस-पास का मुआयना कर लेता है, जब कोई उसे देख रहा होता है, तो जोर से रोता है, अन्यथा चारों तरफ ऐसे देखता है कि लगता है कह रहा हो, हे प्रभु! तेरे इतने बड़े संसार में एक भी श्रोता नहीं। मुझे लगता है, कविता का गठन-गाठन यहीं से हो गया होगा। जब बच्चा रोया उसकी आँखों से कविता बही और मुँह से सुरीली तान। लेकिन किसी ने नहीं सुना···और बढ़ते-बढ़ते यही तान किसी कवि का गान बन गई होगी।

कवि के दर्द को समझते हुए सोशल साइट्स ने इसकी कमान सँभाली। जैसे ही फेसबुक और ट्विटर जैसी साइट्स बनी, तमाम कवि टूट पड़े। कवियों का सामूहिक विलाप सुन शायद किसी को दया आई हो कि हमारे भारतवर्ष में एक जमात यह भी है।

पहले के मंचों पर दस कवियों के बीच में एक ही महिला कवयित्री अपनी कविता सुना पाती थी, लेकिन बात इसके उलट हो गई है। फेसबुक पर भरपूर मात्रा में श्रेष्ठ श्रोता मिल पाते हैं, रात-दिन, सुबह-शाम तैनात रहते हैं। जैसे ही कवि की फैक्टरी से एक कविता मिली, लपक ली गई। ये श्रोता कवि के दर्द को अच्छे से जानते हैं, ये जानते हैं कविता की सार्थकता। खुद को महादेवी वर्मा या अमृता प्रीतम समझनेवाले श्रोता कवि के विलाप को और अधिक बढ़ा देते हैं, जब उनके द्वारा घोलमाल हो जाता है। घोलमाल बोले तो गोलमाल का बड़ा भाई, जो कविता के स्तर को प्रोफाइल पिक्चर्स पर तौलता है। कवयित्री की कविता पर···वाह-वाह क्या बात है, क्या कहने, धाँसू व्यक्तित्व, पता ही नहीं चल पाता कि वाह-वाही कविता पर हो रही है या कवयित्री की तसवीर पर। खैर, एक यही जगह ऐसी है, जहाँ इतने श्रोता एकत्र हो जाते हैं जैसे कि बारिश के

दिनों में कुएँ में मेढकों की टर्र-टर्र। एक के बाद एक कमेंट और लाइक। वहीं दूसरी ओर पुरुष कवि अपना हौसला खो बैठते हैं, कुछ पागल किस्म के हो जाते हैं, बाल बिखराए, गाल पर हाथ टिकाए, अजीब-अजीब से फोटो खींच कविता के साथ पोस्ट करते हैं। इतने पर भी कोई नहीं सुनता तो आ जाते हैं अखाड़े में और वह जम के गाली-गलौज तथा टीका-टिप्पणी होती है कि बचे-खुचे श्रोता भी कान पकड़ भाग लेते हैं मैदान से।

समझनेवाली बात यह है कि यह कवि रोता क्यों है? कविता यदि कई महीने से नहीं लिखी गई तो परेशान कि जाने क्या कारण है, कविताई होती नहीं आजकल। और कुछ कवि दिन भर में इतनी लंबी-लंबी बे-सिर-पैर की कविताएँ लिख बैठते हैं कि पता ही नहीं लगता कवि है या बिस्किट फैक्टरी। कच्चे कवियों का दर्द भी कुछ कम नहीं होता। उन्हें यह तकलीफ होती है कि कविता निकलती क्यों नहीं। अरे भई, थोड़ा इमोशंस लाओ, आँख में आँसू, दिल में दर्द, कविता खुद-ब-खुद बन जाएगी। क्योंकि सुना है हर इनसान में एक कवि बसता है। बस संगीत से आलाप को विलाप में परिवर्तित कर अपने अंदर सोए कवि को जगाओ तो देखोगे कि कविता कैसे फूटकर निकलती है। खैर, कवि बनकर ही कवि के दर्द को समझ पाई हूँ।

□

46

डिरोन आया डाक लाया…

कल दादी माँ को बताया कि इस बार आपके लिए ड्रोन से सामान भिजवाएँगे, तो दादी माँ घबरा गईं। ऐसा कैसे संभव है, सोच-विचार कर काम करना चाहिए। ड्रोन तो एक राक्षस है बिटवा, आए दिन खबर सुनती हूँ आज यहाँ हमला, कल वहाँ हमला। 1917 में जब पहली लड़ाई हुई थी, तब ड्रोन को काम में लिया था। तुम लोग खबर भी नहीं सुनते लगता है। अमरीकी ड्रोन ने पाकिस्तान-अफगानिस्तान पर कितने हमले किए हैं, कुछ पता भी है। लादेन को पकड़ने में भी ड्रोन ही काम आया था, जिसकी पाकिस्तानी सेना को भनक तक नहीं लग पाई थी। ऐसा शक्तिशाली ड्रोन सामान उठाएगा, विश्वास नहीं होता।

लेकिन यही सच है। वह दिन दूर नहीं जब बच्चे चिल्लाते नजर आएँगे ड्रोन आया डाक लाया, आप भी कहती नजर आएँगी ऐ ड्रोन चल आलू ला, प्याज ला।

आपको क्या लगता है ड्रोन थैला उठाएगा, बाजार जाएगा? दादी माँ जो कहती हैं वह सच है या अमेजन!

आपको मैं बता दूँ। हम लोग इतने भोले भी नहीं हैं कि हमें कोई

भी बना सकता है। अब चाहे कोई ऑनलाइन शॉपिंग कंपनी अमेजन ही क्यों नहीं। अमेजन ने कहा कि अब ड्रोन यह करेगा, ड्रोन वह करेगा। अरे भई, ड्रोन से पूछे तो सही। ड्रोन का नाम सुन-सुनकर हर देश को डर लगता है। कब कहाँ हमला कर दे। सबसे प्रोब्लमैटिक बात तो यह है कि इसे रैडार भी देख नहीं पाते। पकड़ नहीं पाते तो भला आम आदमी क्या देख पाएगा कि फलाँ ड्रोन के पास राशन है या फलाँ ड्रोन के पास बम।

सुना है कि यह विमान एक बार ईंधन भरने के बाद आधी दुनिया का चक्कर लगा सकता है, और 19000 मीटर की ऊँचाई पर उड़ते हुए बादल छाए रहने के बावजूद भी एक-एक व्यक्ति पर निगरानी रख सकता है। अब बताओ एक-एक आदमी की निगरानी की क्या आवश्यकता है भला! इससे तो अच्छा था कि इसे पतियों की जासूसी के लिए प्रयोग में लाया जाता। पति पीड़ित तमाम महिलाएँ गहने बेचकर भी इसे खरीद लेंती।

कल रामू चच्चा भी कह रहे थे कि ई डिरोन कौन बला है, हमका भी लाई दो एक ठौ, जरा गाँव मा मवेशियन की देखभाल करी सकब। अब बताओ रामू चाचा क्यों पीछे रहेंगे, जब गला फाड़-फाड़कर खबरें आ रही हैं कि ड्रोन जानवरों की सुरक्षा और निगरानी करेगा, खेतों की देखभाल भी करेगा, तो आदमी क्यों अपने हाथ-पाँव चलाएगा? सबकुछ ड्रोन को ही सौंप देगा।

कुछ समय पहले एक फिल्म 'थ्री इडियट्स' में भी ऐसा ही ड्रोन रूपी एक उपकरण दिखाया गया था, जो रिमोट द्वारा उड़ाया जा रहा था। देखने में खिलौना सा लग रहा था, लेकिन उसकी जासूसी देखकर सब सहम गए थे। विशेषकर हम महिलाएँ तो डर ही गई थीं। जाने कौन दुश्मन हमारी खिड़की पर ऐसा ही कोई ड्रोन भेज दे। दोस्तो हमें

सावधान हो जाने की जरूरत है। यह ड्रोन हमारे ऊपर बिन बुलाई आफत के रूप में आया है। वैसे भी ड्रोन अंग्रेजी का शब्द है, इसे हिंदी में नर मधुमक्खी कहते हैं। तो भैया, मधुमक्खी के छत्ते में हाथ न डालो तो अच्छा।

□

47

आदमी हूँ आदमी से प्यार करता हूँ

आज तो बहुत जोर-जोर से गला फाड़ देनेवाली आवाज में गाया जा रहा है···आदमी हूँ आदमी से प्यार करता हूँ···जाने क्या बात है आज सुबह से शर्माजी बहुत बन-ठन के घूम रहे हैं, घर में बहुत चहल-पहल है, पिंक शर्ट, बालों में भी गुलाबी फूल, क्या हो गया शर्माजी को? यह बात सबको मालूम है कि उन्हें महिलाओं जैसे रंग बहुत पसंद हैं, लेकिन आज तो हद ही कर दी।

···ओह! अब समझ में आया वे रोज बालकनी में खड़े होकर फिल्म का यही गाना क्यों गाते थे? हाय-हाय बेचारी मिसेज शर्मा क्या होगा अब उनका? कहाँ, किसने, कब सोचा था कि मुकेशजी का गाया 'पहचान' फिल्म का यह गाना एक अलग ही पहचान बना जाएगा, मुकेश दादा क्या आपको पूर्वानुमान हो गया था कि आनेवाला समय इतना बदल जाएगा कि आदमी आदमी से और औरत औरत से प्यार करने लग जाएँगे। जहाँ तक प्यार करने का प्रश्न है, प्यार करना बहुत अच्छी बात है, हर इनसान के दिल में प्यार होना चाहिए, कुत्ता, बिल्ली जानवर सबसे प्यार हो जाता है इनसान को। साथ रहते-रहते, खेलते-कूदते अपने सहमित्र से प्यार होना कोई विचित्र बात नजर नहीं आती,

मगर हे सृष्टि के पालनहार, हे ब्रह्मा, इतना तो बता दीजिए अब सृष्टि का निर्माण होगा कैसे? आज का इनसान तो आपके बनाए नियमों को ही तोड़ने लगा! आदमी अगर आदमी से विवाह कर लेगा तो कौन बनेगा मम्मी? कौन बनेगा डैडी? कैसे कोई कहेगा माँ का दूध पिया है तो आजा अखाड़े में, हे ब्रह्मा तनिक यह भी बतलाएँ कि उसकी रगों में पिता का खून भी दौड़ेगा कि नहीं? मुझे तो डर है कि परखनली शिशु ही न फैल जाएँ विश्व भर में! कैसी अजब बात लगती है!

मुझे तो लगता है लड़कियों ने आजकल लड़कों को नखरे दिखाने शुरू कर दिए हैं और आपस में विवाह करने लग गई हैं, या फिर ये लड़के थक गए लड़कियों को गिफ्ट दे-देकर। शक तो तभी से हो गया था जब खबर सुनी थी कि अमुक जगह की नारियाँ जनेऊ धारण करने लगी हैं और लड़कों ने कान में बाली पहनकर अपने बाल लंबे करने शुरू कर दिए हैं···

बचपन में माँ पूछती थी कि बेटी, किसके साथ सिनेमा जा रही है, बताने पर कि सुगंधा के साथ सरला के साथ, तुरंत परमिशन मिल जाती थी, गोविंद अगर गोपाल के गले में बाँहें डालकर घूमता था तो माँ-बाप खुश होकर कहते थे, मेरा बेटा कितना सदाचारी है, कभी किसी कन्या की तरफ नहीं देखता। मगर आज क्या करेंगे माता-पिता, जब बेटी अपनी ही सहेली को सूट-बूट पहना दूलहा बना घर ले आए या बेटा अपने ही दोस्त को साड़ी पहना दुलहन बताए।

इन्होंने अपनी एक पहचान भी बना ली है। दाएँ कान में बाली और सतरंगी छतरी हाथ में लिये जैसे कि इनका भी एक चुनाव चिह्न बन गया हो···वह दिन भी दूर नहीं, जब इनमें से कोई एक हमारे देश का नेता भी बन जाए, क्योंकि नेताओं ने तो इन सारे मामले में गांधीजी के बंदरों की तरह चुप्पी साध ली है, उन्हें वोट जो लेने हैं, अब के बरस तो लगता है गणतंत्र दिवस की परेड भी निराली होगी, समलैंगिकों की परेड जो शुरू

हो गई है, इसे देखकर तो लगता है कि रिहर्सल चालू हो गई भैया।

अब सरकार भी क्या करे, यह भी ग्लोब्लाइजेशन का एक हिस्सा ही समझिए, काम प्रगति पर है, कुछ सीखें-न-सीखें हमारे देशवासी, पर अपनी संस्कृति छोड़ ता ता थैया करते जरूर नजर आएँगे··· ।

□

48

करामाती इंजेक्शन

एक जमाना था, जब इंजेक्शन का नाम सुनकर बड़ों-बड़ों की हवा खराब हो जाती थी। बचपन में डॉक्टर जब सुई लगाने के लिए निकालता था तो सुई देखने के साथ ही उई निकल जाती थी। आज वही सुई करामाती इंजेक्शन बनकर देश भर में मशहूर हो गई है। एक जरा सी सुई और काम बड़े-बड़े। आज सुबह दूधवाला मुझसे बोला, ''बीबीजी! सुई लगाए बिना कौन्हो भैंस दूध न देत है। हम रोज इंजेक्शन लगाई देत हैं तब ससुरी दूध देत है।'' अरे! तुम क्या डॉक्टर हो, जो भैंस को इंजेक्शन लगाते हो? वह मुझ पर ऐसे हँसा जैसे कि कोई अजूबी बात कह दी हो। ''अरे बीबीजी, भैंस के इंजेक्शन लगाने के लिए कौन्हो डॉक्टरी की जरूरत नाही।'' सच ही तो है बेचारी भैंस के कहीं भी इंजेक्शन ठोक दो, बेचारी कमप्लेन तो कर नहीं पाएगी। डरनेवाली कोई बात ही नहीं। इंजेक्शन खाकर जहाँ गाय-भैंस दूध ज्यादा देने लगी, वहीं मुरगी भी अंडे ज्यादा देने लगीं। है न छोटा सा इंजेक्शन और फायदा दुनिया भर का।

यहाँ तक तो बात समझ में आ गई, परंतु कल रात जब जोर-जोर से सिसकने की आवाज आई तो समझ नहीं पाई, क्या पेड़ भी रात को

रोते हैं? डर के मारे रात को गार्डन में जाने का मन नहीं हुआ। दूसरे दिन माली से पूछने पर पता चला कि उसने गाय-भैंस को लगाने वाला प्रतिबंधित ऑक्सीटॉक्सीन इंजेक्शन लौकी, तुरई को लगा दिया था, ताकि वे रातोरात बड़ी हो जाएँ। लो भई, मालीजी बन गए सब्जियों के डॉक्टर। इंजेक्शन नहीं हुआ जैसे कि बच्चों का खिलौना हो गया है।

कल तक रोगी को जल्दी ठीक करने के लिए इंजेक्शन लगाए जाते थे, आज रोग का सामान बन बैठे हैं। बाजार में बिकती हर चीज ऐसी लगने लगी, जैसे कि इस करामाती पकाऊ-बढ़ाऊ इंजेक्शन की ही देन है। सेब की चमक देखकर या केले, पपीते की रंगत देखकर यह कहना मुश्किल होगा कि ये पेड़ पर पके हैं या किसी करामाती इंजेक्शन का कमाल है। ऐसा लगता है जैसे सभी फल-सब्जियों को रात भर सौंदर्य-प्रसाधन द्वारा सुंदर चमकदार बनाया जाता है, ताकि सुबह सवेरे ग्राहक उनकी ऊपरी चमक-धमक देखकर धोखा खा जाएँ। अब तरबूज को ही ले लीजिए, गरमियों में गला तर करने के लिए जिसे इस्तेमाल किया जाता है। रात भर इंजेक्शन खाकर बेचारा कराहता है। बच्चे भी रोज-रोज ऐसी खबरें सुनकर मनसूबे बनाने लगे हैं कि काश भगवान्! हमें भी रातोरात बड़ा कर दे। हमें पढ़ाई का इंजेक्शन लगा दे। अब मैं भी सोच रही हूँ कि जहाँ एक ओर मनुष्य ने इतनी प्रगति कर ली है कि परखनली शिशु और डिजानर शिशु तैयार करने लगा है। वहीं किसी दिन यह भी सुनने में आ ही जाए कि कल जो बच्चा पैदा हुआ था, रात भर इंजेक्शन देकर उसे युवा बना दिया गया है। न पढ़ाई का खर्चा, न ही इतने दिन पालने-पोसने का झंझट। बस यही परेशानी है कि बच्चा बोलना-पढ़ना सीखेगा कैसे? तो वैज्ञानिक उसका भी कोई-न-कोई तोड़ निकाल ही लेंगे। शायद कुछ करामाती इंजेक्शंस देकर बच्चों को भाषा का ज्ञान, पढ़ाई का तजुर्बा दिया जा सके। देखिए, अब यह इंजेक्शन क्या-क्या खेल दिखाता है···।

□

49

मिस कॉल की भाषा

सबसे पहले हम पाठकों को बता दें कि मिसकालीजी क्या हैं। ये वे शख्सियत हैं, जिनसे बड़े-बड़े भी अपनी पहचान छुपाते हैं। अब अपने शर्माजी को ही ले लो। पिछले दो हफ्ते से बेचारे सो नहीं पाए हैं। इस मिसकॉली ने नाक में दम कर रखा है। कब, कहाँ, कैसे आ टपके कुछ मालूम नहीं। शर्माजी का जो हाल हुआ है भगवान् ही जानता है। बेचारे सोना-जागना, नहाना-धोना सब भूल गए हैं। और यह मिसकॉली! इसे कोई फर्क ही नहीं पड़ता। इसे न मरघट नजर आता है न ही उत्सव। और अब लगता है, मिसेज शर्मा को भी इस मिसकॉली से जलन होने लगती है। तभी तो आजकल वे मिसकॉली को नींद में गालियाँ निकालती हैं—डेम फूल, स्टूपिड इत्यादि, न मुँह गंदा न राष्ट्रभाषा का अपमान।

आप सोच रहे होंगे कि यह मिसकाली है कौन? जिसने मिसेज शर्मा तक को परेशान कर दिया। कहीं यह शर्माजी की कोई एक्स गर्लफ्रेंड तो नहीं?

…नहीं भई नहीं। ये मिसकॉली हैं मौजीराम। शर्माजी के लँगोटियाँ यार। जिन्होंने नया-नया मोबाइल लिया है। मोबाइल में है बस बीस

रुपए का बैलेंस और मिस कॉल करने की तगड़ी बीमारी, जिसका शिकार हुए बेचारे शर्माजी। मिसकॉल करते समय कभी नहीं सोचते कि काम किसे है। तीस पे तुर्रा भी यह कि अम्मा यार तुम तो याद ही नहीं करते। एक मैं हूँ जो हर वक्त तुम्हें याद करता रहता हूँ और तुम इतने कंजूस कि एक मिसकॉल भी नहीं कर सकते।

गजब की बात तो यह होती है कि इन मिसकॉलियों की डिमांड भी मिसकॉल ही होती है। अपने दिल की बात बस मिसकॉल के माध्यम से ही कह देते हैं। अकसर देखा जाता है कि प्रेमिका अपने प्रेमी को मिसकॉल करती है, फिर प्रेमी भी मिसकॉल देकर अपने प्यार का इजहार करता है। जहाँ भावनाओं की ही जरूरत है, भला बात करके क्या हासिल होगा? सो मिसकॉल सबसे उत्तम उपाय है, यह बताने का कि किसे, किसकी, कितनी याद सता रही है। यह तो वह बात हुई न हींग लगै न फिटकरी, रंग भी चोखो आए। तो भैया मिसकॉल का स्वाद एक बार जो चखले वह कॉल क्यूँ करे? कुछ लोगों के लिए मिसकॉल अच्छा-खासा लव लेटर है, तो किसी के लिए हाल-चाल पूछने का तरीका। कोई बस डायलर टोन सुनने के लिए ही मिसकॉल करता रहता है। मुझे तो लगता है, यह मैथड भी भाषा-विज्ञान के अंतर्गत आता है। जहाँ पहले से डिसाइड होता है कि मिसकॉल आनेवाला है। मिसकॉल आते ही चेहरे पर एक चिरपरिचित सी मुसकान देखी जा सकती है।

मिसकॉल के कीटाणु डेंगू, मलेरिया, स्वाइन फ्लू की तरह चारों तरफ फैल गए हैं। जिस दिन मिसकॉल न आए तो घर भी सूना-सूना सा लगता है। वैसे भी जितनी बार मोबाइल बजेगा देखनेवाले को तो यही लगेगा न कि बंदा कितना बिजी है भई। मौजीराम की मिसकॉल ऐसी रंगत लाई कि शर्माजी के भीतर भी इसके कीटाणु प्रवेश कर ही गए। अब मौजीराम की मिसकॉल पर शर्माजी भी मिसकॉल करते हैं। अब

दोनों में न शिकवे हैं, न शिकायत है। एक राजस्थानी गीतकार ने इस मिसकॉल से प्रेरित होकर एक गीत तक लिख डाला है जो जगह-जगह मोबाइल पर सुनने को मिल जाता है—

बनड़ी रो मिसकॉल म्हारे मोबाइल पर आवेगो,
रे नया जमाने वाली बनड़ी फोन मिलावे रे॥

शुक्र है कि मिसकॉलियों की यह मूक भाषा किसी ने तो समझी।

□

50

बजरंगबली को मिला आधार

एक दिन हनुमानभक्त लालू को साधू पांडे ने चुनौती दे डाली कि बार-बार इस मूरत के आगे माथा टेकने से क्या होगा? भगवान् होते ही नहीं हैं, यदि वास्तव में भगवान् हैं, तो उनसे बोल सरकारी दफ्तर में जाकर आधार कार्ड बनवाकर दिखा दें, मैं मान जाऊँगा कि भगवान् हैं। अरे! ये तो बस पत्थर के भगवान् हैं। जो अपना ही आधार कार्ड न बनवा सके तो तुझे कैसा आधार देंगे। लालू भक्त को बात ऐसी चुभी कि खाना-पीना छोड़ हनुमानजी की मूर्ति के आगे बैठ गया कि या तो आप सरकारी दफ्तर जाकर आधार कार्ड बनवाइए वरना मैं अपनी जान दे दूँगा। अब हनुमानजी बहुत परेशान हुए। बरसों से मंदिर में बैठे-बैठे कितने काम करवा लेते थे, लेकिन सरकारी दफ्तर जाकर आधार कार्ड बनवाना किसी बहुत बड़े चमत्कार से कम नहीं था।

खैर, भक्त के प्राण तो बचाने ही थे, सो हनुमानजी आधार कार्ड बनवाने सरकारी दफ्तर पहुँचे। सबसे पहले तो इतनी लंबी लाइन देखकर उन्हें पसीना आ गया, समुद्र होता तो लाँघ जाते, इस लाइन का क्या करें, जिसमें आगे आते ही लोग धक्का मार-मारकर पीछे की तरफ धकेल

देते थे। आखिर गुस्से में आकर हनुमानजी ने अपने पीछे खड़े व्यक्ति से कहा, "जानता नहीं मैं कौन हूँ? मैं हनुमान हूँ।" वह व्यक्ति भी बोला, "मैं भी श्री राम हूँ," और लोग जोर-जोर से हँसने लगे। कुछ बच्चे हनुमानजी की पूँछ पकड़कर खींचने लगे। कुछ ने कहा कि कितना निपुण भांड है, एकदम पड़ोसवाले हनुमान मंदिर की मूर्ति जैसा स्वाँग रच लिया है।

जैसे ही हनुमानजी का नंबर आया, उनका फॉर्म भरा गया, सामने बैठे अधिकारी ने कहा, "देखो मुझे लगता है, तुम पेशे से बहुरुपिया हो, लेकिन आधार कार्ड में तुम्हारा असली चेहरा आना चाहिए, आज हनुमान बने हो, कल भोले शंकर बन जाओगे। तो यह स्वाँग हटाओ और असली चेहरा सामने लाओ।" हनुमानजी झल्लाए और बोले, "मैं राम भक्त हनुमान हूँ, ऐसी ही तसवीर लगाओ।" सरकारी अफसर भी झल्लाया और गुस्से में उसने हनुमानजी का वैसा ही चित्र खींच दिया। पिता का नाम पवन, बाकी कोई पता न दे पाने पर हनुमानजी को एक साइड खड़ा कर दिया गया। बहुत ही विकट समस्या थी। आखिर एक बूढ़ा यह सब देख रहा था, लेकिन उसकी नजर हनुमानजी के गले में लटकती चमचमाती माला पर थी, वह हनुमानजी को कोने में ले गया और बोला, "तुम यह माला मुझे दे दो तो मैं तुम्हारा फॉर्म भर दूँगा।" पहले तो हनुमानजी अचकचाए और बोले, "यह सरकारी दफ्तर है, तुम सब जनता के सेवक हो, बिना लालच के जनता का काम करना चाहिए।" सुनकर पहले तो बूढ़ा हँसा, फिर बोला, "भैया दफ्तर कोई भी हो बिना रिश्वत के यहाँ काम नहीं होता, जाओ लगे रहो लाइन में, हमें क्या!"

अचानक हनुमानजी को लालू भक्त के अनशन की बात याद आई, और उन्होंने माला उतारकर तुरंत उस बूढ़े व्यक्ति को दे दी। बूढ़े

ने फटाफट हनुमानजी की तसवीर के साथ स्थायी निवास भरा, अँगूठे का निशान लिया और आधार कार्ड पर मुहर लगा दी। इस प्रकार हनुमानजी को आम आदमी का अधिकार प्राप्त हुआ और वे अपने भक्त लालू की जान बचाने में कामयाब हो पाए।

□□□